プロローグ

――ここは最果ての土地：古代文明の廃虚

かつて東京ドームと呼ばれた空間で、総数二十二名の男女が佇んでいた。

「それでは我々はこれで……過去に帰還するよモーゼズ君」

「世界連合議長：カイエン閣下。いや、ここでは円卓会議長：藤島雄一さんと言った方が良いでしょうかね。まあ、貴方達とは色々とありましたが――」

モーゼズの背後には四名の男女と、一名の獣人。

そうしてモーゼズと相対する初老の男の背後には十五名の男女が立っていた。

それはそのままの意味で、残る側と帰る側であることを意味する。

「今まで君達を押さえつけて悪かったと思っているよ」

「ええ。貴方がたが現地民に干渉しなかったせいで……世界は無茶苦茶です」

「外なる神の介入が行われれば人類の絶滅は必至。そうであれば君の提案していた、人工的な大厄災もまたやむを得ないと今は思うよ」

「まあ、今後は我々は我々で好きにさせてもらいますよ」

「本当にすまない。結局——我々は問題を先送りにしただけに過ぎなかった。君のような決断力を私には持つことはできなかったのだ」

「おかげで残された者は苦労しますよ」

「はは。そうだね。しかしモーゼズ君……気をつけたほうがいい」

「と、おっしゃると？」

「龍王、仙人、魔界の禁術使い。この三人は我ら転生者をもってしても危険だ」

「世界の理を知りつつ、それでもなお、あるがままを受け入れよという危険思想を持つ連中ですね」

「彼らはシステムを受け入れた上で人類そのものの未来の行く末を見守っている。いや、未だに抗う術を探していると言ったほうが正しい。私は流されるままに問題を先送りにしてきたが、彼らは明確な意思をもって——あるがままを受け入れ、そして対峙せよという思想を持っているのだよ」

「その最たる例がリュート＝マクレーンですか。まあ、結局は彼のせいで今回のシステムによる大厄災という手法が否定されることになったのですがね。皮肉なことです」

「彼を放置したせいで、大厄災を起こしても人類側が完封して、人口調整ができないことが明白となってしまった。本当に申し訳ないねモーゼズ君」

「まあ、後のことはこちらで何とかしますよ。私も巻き添えで死にたくはないですから」

「苦労をかけるが、これからは君の好きにすればいい」

「ええ。人道的配慮という名目で、危険水域ギリギリまで世界を放置してくださってありがとうございます。閣下」

「はは、最後まで君は本当に手厳しい」

「何か隠された策があると思ってずっと従っていましたが、まさか本当に無策で先送りをするだけだったとは……はは、ははは。はははっ！　手遅れに近い状態で、全てを放り投げて自分達だけは元の世界に帰ろうと言うのですからね。嫌味の一つも言いたくなりますよ」

「……本当に申し訳ないことをしたとは思っている。我々は過去の地球に戻るよ」

「それでは、これでお別れですね」

そうしてモーゼズ達六名は東京ドームのかつての観客席――バッターボックス裏のＶＩＰシートへと腰掛けた。

残る十六名はドームの丁度真ん中に向けてゆっくりと歩を進める。

すると、球場内の地面に光の筋――五芒星の魔法陣が走った。

「で、これでいいのかにゃ？　モーゼズにゃん？」

モーゼズに付き従っている猫耳の少女はニタリと笑った。

「ええ、これでよろしいですよ。シャーロットさん」

魔法陣から虹色の光がほとばしり、バカげた質量の魔力が閃光と共に地鳴りを轟かせる。

「本当の本当にこれでいいのかにゃ？」

「ええ、本当の本当にこれでいいのです」

十六名は光に覆われ――その肉体が光の粒子へと変換され、ふわりと空に向けて放たれていく。

そうして数分もせぬうちに、光の霧となって宙に溶けた。

「終わったにゃん。でも、本当にこれで良かったのかにゃ？」

そこでモーゼズは醜悪に笑った。

「ええ、これはそれらしく見せた――ただの自殺です。まあ、酸毒雨《アシッドレイン》による融解術式の応用ですね」

「タイムマシンなんてできる訳ないにゃ。そもそも転生者が本当に過去から未来に渡ってきたのかすら分からないというのに」

「苦労しましたよ。超古代文明の文献を三千点。少しずつ少しずつ改ざんして、ただのド派手な自殺魔法をタイムマシンっぽく見せるというのは」

「改ざんされたピースを集めて研究すればあら不思議。気づけば時間旅行という世紀の大発見を演出できるって訳だにゃん」

「連中の中にいた錬金術師がマヌケでしてね。それらしくヒントを与えるのにも苦労しましたよ。それにゼロさんの離脱で予定よりも半年も時間がかかってしまった。時間は有限だというのにね」

「モーゼズにゃんのネチっこい執念には本当に頭が下がるにゃん」

「まあ、おかげさまで連中はタイムマシンの存在を信じ、我々に全権を引き渡しました。雌伏の時はこれで終わりです」

「しかし、自分達は帰るから後は知らない。後のことは君達の好きにしていいというのも酷い話にゃ。

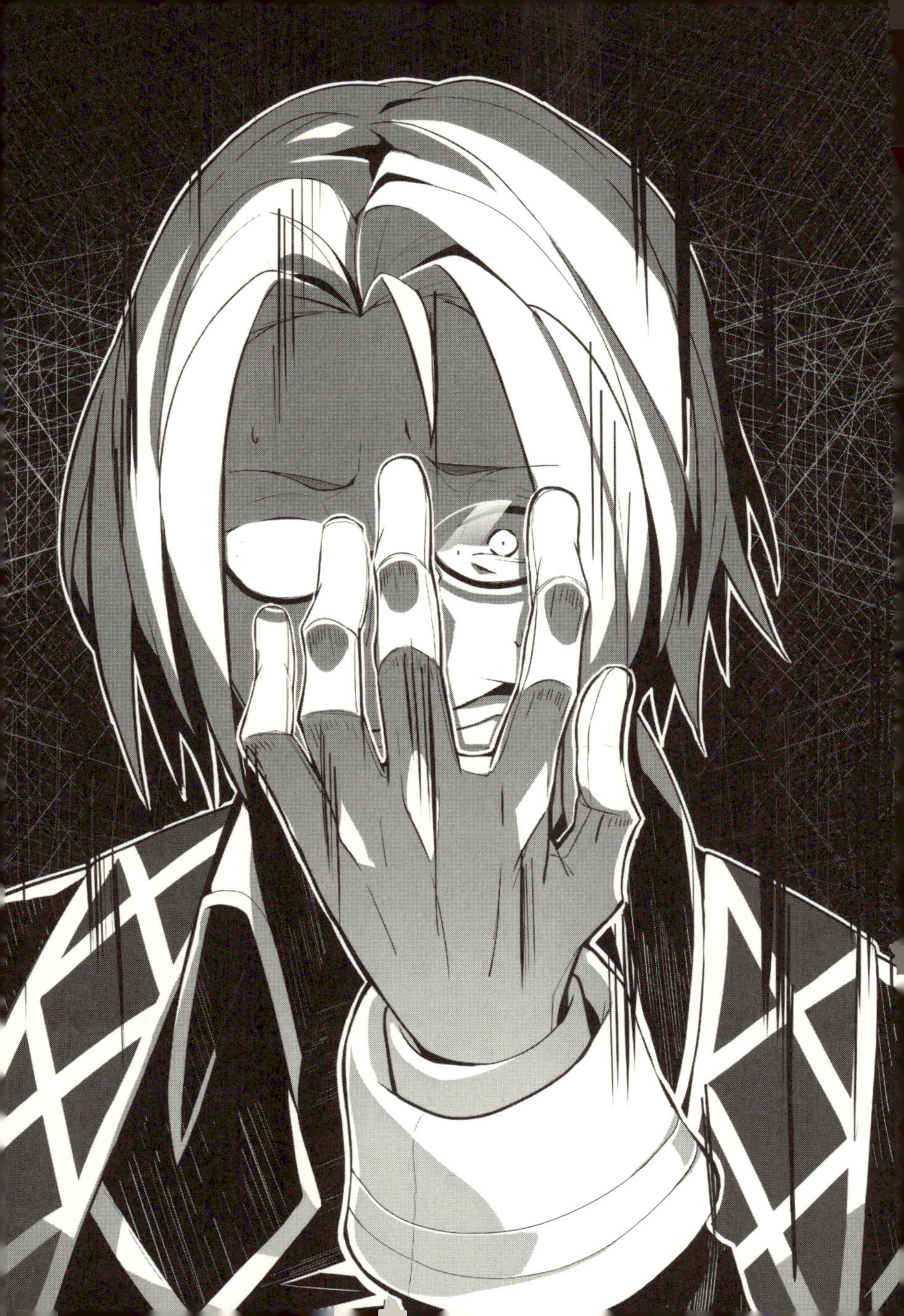

散々にモーゼズにゃんを押さえつけてたはずなのに」

「まあ、これで邪魔者は消えましたから良しとしましょう」

「計画通りに大厄災を始めるにゃ？」

そうしてモーゼズは立ち上がり、掌をパンと叩いた。

するとドーム内に無数の武装した兵士達が雪崩れ込んできた。彼らは一糸乱れず統率され、ドーム内に瞬時に整列を終える。

剣士、大盾を担いだ戦士、あるいは魔術師。

モーゼズが手を挙げると、彼らは一斉にその場で片膝をついた。

「人工的大厄災はただの前座です。人類の人工進化研究結果を施したSランク級相当——五百体の勇者量産型《オーヴァーズ》」

武装した総数五百の兵士が跪き、次にモーゼズの前に三人の男女が跪いた。

「そして、残った三人の転生者」

「それすらも前座かにゃん？」

「ええ、本来であればこれだけで良いのでしょう。が、念には念です。システム上の頂点の存在である人魔皇——初代円卓会議長が血縁のレベルから調整した……コーデリアさんは私の手中に入ったも同然ですからね。利用しない手はないでしょう」

モーゼズは悪魔のように口元を歪めて、満足げに頷いた。

「準備は万全です。終わりを始めましょうか」

――そして、時系列は遡り一年前、獣人の国をリュートが蹂躙《じゅうりん》した後へと戻る。

GC NOVELS
村人ですが何か?
"I am a villager, what about it?"
Story by Arata Shiraishi, Illustration by Famy Siraso
7

白石新／著
白蘇ふぁみ／イラスト

"I am a villager, what about it?"

Story by Arata Shiraishi, Illustration by Famy Siraso

7

Contents

それぞれの一年

"I am a villager, what about it?"

Story by Arata Shiraishi, Illustration by Famy Siraso

サイド：コーデリア＝オールストン

山奥の小屋のほとり。

滝のすぐ近く――岩壁に私は頭を押し付けられていた。

右手によるアイアンクローで、後頭部には岩。

ただひたすらにグリグリと岩に押し付けられ、万力のように掌に頭蓋骨を締め上げられる。

「くっ……」

頭蓋骨は割れる寸前。

朦朧とする意識の中で、ボヤける視界の中で仙人の声だけが妙にハッキリと聞こえてくる。

「しかし本当にクッソ弱いな。これじゃあリュートが苦労する訳だぜ」

やれやれとばかりにピンク髪のポニーテール、つまりは仙人：劉海が呟いた。

「だからこそ私は……貴方に師事するために……リュートが昔……そうした……ように……」

いつまでも、私だってリュートにおんぶにだっこではいられない。

弱いままの私じゃ、助けられているだけの私じゃダメなんだ。

せめて戦場でアイツと肩を並べられるようにならなくちゃ、アイツと対等な関係になんてなれっこないんだから。

「言ったはずだぜ？　俺様ちゃんにかすり傷一つでも付けることができれば見込みアリとして採用。それすらできんなら試験の対価に地獄に送ってやるってな。俺様ちゃんも暇じゃねえんだ……時間を無駄に使わせた罪は重いぜ？」

この人は噂通りに気難しい性格みたいだ。

伊達に世間と隔絶した千年以上も山奥で暮らしてはいないということか。

しかし、アイアンクローで視界が塞がれて目が見えない。反撃しようにも目が見えない状況では何もできない。

「さあ、これで終わりだ」

右手で私の頭を持ったまま、仙人が左手を大きく振りかぶる気配。

このまま左の拳を受ければ、私の頭部は破裂した西瓜のようになることは明白だ。

――最早これまで。

そう思って瞼《まぶた》を閉じる。

と、そこで私の脳裏に言葉が響いた。

——ねえコーデリア＝オールストン？


少し前から聞こえる幻聴。

獣人の国の件で千人を斬った時から、ふとした時に私の頭の中に女の声が聞こえるようになった。

これはバーサーカーモードをねじ伏せた当初に、私が襲われていた現象に良く似ている。


——力が欲しい？


その声が聞こえた瞬間、体に一気に力が漲っていく。

これってスキル進化？

経験値の取得やスキルの使用を繰り返すことで、スキルはレベルアップ……あるいは根源的な問題で更に上位のスキルへと進化することがあるという。

つまり、私もこれまでの数々の戦いで進歩してるってことなのかな？


——ねえコーデリア＝オールストン？　素直に私を受け入れて。


でも、何だろう？　この声を聴いていると言い知れぬ不安が心をざわつかせる。

けれど……ともかく、このタイミングで新しい力が手に入るのはありがたい。

と、思った瞬間、私は不思議な感覚に捕らわれたた。

私と劉海が何故か、俯瞰《ふかん》した位置から見える。

それはまるで幽体離脱をして、空中からの視点で第三の目で見ているような。

いつもの目の視点と、そして第三の目の空中からの視点。

二つの視点のおかげか、劉海の繰り出した左ストレートがスローモーションのように見えて——

「スキありっ！」

目が見えないと思って油断していたのもあるだろう。面白いように簡単に腕を掴むことができた。

そして私は劉海の左手首を両手で掴み、そのまま自分の体を丸ごと回転させて、手首を巻き込んで関節を極《き》めようとする。

「勇者……剣士が立ち関節……だとっ⁉」

さすがは近接戦闘最強と呼ばれるだけはある。

立ち関節への対処も熟知しているようで、劉海はその場で前回りをして、関節が極まる前に技から脱け出し、地面を転がり起き上がる。

そうして、服についた土を叩きながらニヤリと笑った。

「俺様ちゃんに土をつけたな、合格だ。とりあえず、テメエの実力は分かった……実を言うとリュートに止められてたんだよ」

「止められていた？」

「俺様ちゃんのやりかたは無茶苦茶だからな。普通の覚悟の人間じゃあ絶対についてこれねえ。村人が強くなるなんて回りくどいことをせずに、直接勇者を鍛えりゃいいじゃねーか……って昔に聞いたことがあったんだよ」

「……まあ、アイツは昔から過保護でしたから」

「違いねえみたいだな」

しばし無言のまま、やれやれと仙人は肩をすくめた。

「で、テメエ、魔法学院はどうすんだ⁉」

「退学届なら既に出してきました」

「……勇者としての仕事は？」

「世界連合に無期限での休業を手紙で伝えています」

「……実家に迷惑かかるんじゃないか？」

「私の全財産を郵送しています。下手すれば責任問題になるので、山奥に隠遁しろと——伝えています」

そこで苦笑しながら仙人は言った。

「——上出来だ。本当に全てを捨てた上でここに来たみたいだな。俺様ちゃん好みだぜ」

「それでは……？」

「俺様ちゃんはテメエのことを考えてテメエを弟子に取る訳じゃねえ。俺様ちゃんの利益になるから弟子に取るだけだからな？　連中もそろそろ大規模におっぱじめるはずだし、使える駒は一人でも欲しい」

「……連中？」

「後で教えてやるよ。時間がねーんだ。下手せんでも死ぬ可能性があるような形で急ピッチで仕上げるが、まさか文句はねーよな？」

その問いに、私は迷わずに即時に首肯した。

★

――そして一年後。

「お世話になりました」

一年を過ごした小屋を前に、私は深く師匠に頭を下げた。

「おいおい、俺様ちゃんはお礼を言われるようなヤワなシゴき方はしちゃいないぜ？　本当のところを言ってみ？」

まあ、この人には変に取り繕わないほうがいいな。

本音で答えないと、また半殺しにされてしまうだろう。

「ええ、毎日何度も死にかけましたから。貴方のことを殺したいと思ったことは一度や二度じゃありません」

苦笑いしながら言うと、嬉しそうに師匠は頷いた。

「それでいい。あれだけの地獄を見せられてそう思わない奴は菩薩だ。人間じゃねえし、そんな奴とは関わり合いになりたくねえ」

そうして、再度私は師匠に頭を下げた。

「でも、おかげで強くなれた。お礼は言わせてください。ありがとうございます」

「この期に及んでお礼の言葉が出るか。まあ、テメエらしいっちゃあらしいかな。しかし一年、勇者をシゴいたのは初めてのことだが、流石にとんでもない成長速度だったな。リュートよりかはよほど筋が良かったぜ？」

「お言葉ですが勇者だからっていう、そんな軽い一言で済ましてもらっては心外ですけどね」

そこで師匠は底抜けの笑顔で、おどけたようにこう言った。

「こりゃすまねえな。基本はテメエの折れない心のおかげだろうさ」

「……はい。決して折れない心を私に見せ続けてくれた人が近くにいたので。アイツにだけは私は負けられないんです」

「しかし、あと数年もあれば……そしてリュートと似たような強化の道をテメエが辿れば、あるいはテメエも俺様ちゃんのメインディッシュとして採用するかもだったんだがな」

「メインディッシュ？」

「いや、こっちの話だ。で、テメエはこれからどうするんだ？」

「教えてもらった事情からすると、やっぱり始まるんですよね？」

「ああ、間違いなく始まるな」

「なら、私は世界連合に復帰して、勇者としての職務を全うしますよ。師匠は？」

「俺様ちゃんは俺様ちゃんで動くさ」

「じゃあ、そろそろ私は帰りますね」

「ちょっと待て。餞別《せんべつ》がある」

師匠は小屋に戻り、私に一振りの剣を差し出してきた。

「火之迦具土神《ヒノカグツチ》だ。超古代から伝わる聖遺物《アーティファクト》だな。国を産んだ地母神を焼き殺した、神殺しの神の名を冠する魔剣。お前みたいなじゃじゃ馬が扱うにはもってこいだ」

そうして師匠は私の肩をバンと叩いた。

「さあ、驚かしてこいっ！　リュートに――俺様ちゃんの最高傑作の姿を見せてこいっ！」

「――はいっ！」

そうして私は山を下りて、魔法学院の所在する国へと向かった。

サイド：リリス

龍神の祭壇。

ここはかつて私がリュートと一緒に義理親《とうさん》を送った場所。

と、緊張する私に龍王が、私に向けて優しく微笑んだ。

――本当に綺麗な顔の男の人だ。

あるいは、リュートと出会わなければ、私はこの人に恋をしていた可能性もあるとすら本気で思う。

「リリス、良く今まで全力を出さずに我慢したね」

「……はい龍王様。正直、鬼神の時は死ぬかと……」

「その話は聞いたが、気絶させられて結果オーライってところじゃないかな。そうじゃなければ、今日という日に間に合わなかっただろうから」

「……その通り」

「だが、これで君も龍の力を完全に扱うことができるようになる訳だ」

そこでリリスはコクリと頷いた。

「……龍魔術：レベル10」

「そういうことだ。元々君はかなり無理のある形で龍魔術を扱っていた。人間と龍とでは根本的に脳の構造が違うからね。龍の魔法の扱い方を人間がそのままやるにはやはり無理があるんだ」

「……だから、龍の祭壇での御霊の受け入れの儀式。その受け入れのために魔力を多大に必要とする。父さんが英霊として昇神するまでの間、魔力の温存のため……私は全力で戦うことは避けてきた」

「僕の旧き友人。土龍族の彼は君に守護のスキルを遺した。しかし、その魂はずっとここに残っていた訳だ」

龍を模した淡く優しい光のオーラが私達の頭上に見える。

「父さん……？」

「感じるかい？」

「……とても懐かしい」

頭上に父さんが浮かび、宙を舞う。

瞼を閉じると、優しく温かい何か――父さんが私を包んでいく。

「……これで父さんの力が本当の意味で私に宿ったということ？」

「まあ、普通は人間に力を貸す龍神なんていない。いや、同じ龍族にも力を貸す龍神なんていない……か。君の親はやはり親バカなんだろうね」

そこで私はムスリと頬を膨らませた。

「……バカという言い方は良くない」

そこで龍王はクスリと笑った。

「こりゃあ失礼。ともかく今後は龍魔術の構築のサポートは君の父親がやってくれるだろう」

そうして龍王は顎に手をやり、何やら考え始める。

「今の君なら龍化した龍族の間でも、三指に入るほどの実力を持っているだろうね。驚嘆に値するよ」

「……光栄」

ニヤリと龍王は笑って私に言った。

「一度僕と手合わせしてみるかい？」

その問いかけに、フルフルと私は首を振る。

「……それは無理ゲー」

「ハハッ、まあそれはそうだろうね」

と、その時――龍の祭壇に人影が現れた。

「いや、そうとも言い切れんぞ？」

「何故にマーリンがここに？」

龍王の言葉通り、現れたのは魔界の禁術使い――マーリンだった。

「弟子のパワーアップイベントじゃぞ？　来んほうがおかしいじゃろう」

「弟子？　そんなことは初耳だけど？」

「リュートから聞いておらんかったか？　この一年、ワシはリリスを預かっておっての。ミッチリと仕込ませてもらったおかげで、ある程度の禁術はマスターしておる」

「ああ、初耳だ。それに……なるほどね。確かにそれじゃあ僕もウカウカはしてられないかもね」

「更に言うと禁術と龍魔術を併せ、リリス特有のオリジナル極大魔法もいくつか使えるようになっておるわ」

そこで龍王は肩をすくめて苦笑した。

「麒麟児はリュートだけだと思っていたが……リリスもか。本当にあの村人は龍族の里に嬉しいプレゼントばかりを贈ってくれるね。しかし、短期間で禁術もマスターするとは、この子もまた天才ということか」

「いや、別にコレは禁術の天賦の才があるという訳でもない」

「と、言うと？」

「ただ、リュートのために、ただひたすらに愚直ということじゃよ」

コクリとリリスは頷いた。

「……リュートは私の生きる理由。私はあの人の役に立ちたい」

「ともかく……」と龍王は笑った。

「この時期に貴重な戦力が手に入るのは純粋に嬉しいよ」

「うむ。どこぞの阿呆が、破滅へのカウントダウンを始めよったからな」

「期待しているよ、リリス」

「……はい。龍王様」

「様付けは要らないよ。どうやら君は僕達と戦場で肩を並べるほどの存在となったようだからね。かつて君の父が僕を呼んだように——龍王と呼ぶがいいさ」

私はしばし固まり、その言葉の意味するところを考える。

——ようやくここまで辿り着いた。

リュートと出会って、あの人の背中を追いかけて。

ただ一人であの人はずっと遠いところへ——けれど、私もこの領域に。

そして、私は高鳴る胸の音と、身体に溢れる自信と共に小さく頷いた。

サイド：リュート＝マクレーン

獣人の国での戦争の後、龍王と愉快な仲間達との話し合いがあった。

で、何やかんやで決戦まで一年間の猶予があるってことだった。

だから、とりあえず、一年間をどうしようかと俺は考えた訳だ。

当初、リリスはいいとして、コーデリアは確実に渦中に巻き込まれるので、俺がアイツを鍛えようかと思ってた。

けれど、俺に相談もなく、コーデリアは劉海のジジイのところに行っちまった。

コーデリアはコーデリアなりに、自身の力について色々と思うところがあったらしいな。

でも、あの男の娘《こ》ジジイは無茶苦茶やりやがるからな。

俺も毎日殺されかけたし。そこは非常に心配ではある。

で、リリスについては前々からの予定通りに、龍の里で覚醒イベントをすることになってたんだが、アイツも色々と思うところがあるらしかった。

それで結局、それまでの間はマーリンのロリババアのところに弟子入りしてしまったんだよな。

――ったく、どいつもコイツも勝手な連中ばかりだな。

いや、まあ俺が一番好き勝手やってはいるんだけどさ。で、手持ち無沙汰になった俺が今何をやっているかと言うと――合宿だ。

★

「ってことで、お前らをキッチリ鍛えなおすからな」

今、俺は三枝とエルフのジジイと、そしてギルド長を引き連れて人界と魔界の縁にいる。

流石に一年後でも、コイツ等を最果ての極地で何とかなるレベルまで連れていくことは不可能だ。

とは言え、ギリギリで人間を辞めたと言われるレベル程度には到達してもらわないと……俺が困る。

「無理ですよリュートさん？　レベル上げって次元じゃないですよこれっ⁉」

ギルド長のオッサンが悲鳴を上げる。

続けて、討伐難度Sランクのエビルサイクロプス、そのジャンプからの着地の振動に吹き飛ばされながら三枝は叫んだ。

「無理無理無理無理っ！　無理なんですっ！　こんなのレベル上げじゃないんですっ！」

「いや、ちゃんとしたレベル上げだ。俺の時はもっと酷かったぞ」

同じく討伐難度S級、エルフの極大魔法の直撃を受けても無傷の、アークミノタウロスに狼狽《うろた》えながらエルフの爺さんが叫んだ。

「今更こんなジジイを捕まえて無茶を言いよるっ！　安全マージンという言葉を知らんのかお主はっ⁉」

「安全マージンという言葉なら、前回の人生に置いてきた。すまんな」

そうして俺は右方に視線を向ける。

「ってか、何でアッシはこんなことやらされてるんでやすかあああああっ！　ぐびゅっ！」

あ、オッサンがデーモンプリンスに頭から噛まれた。

しかし、流石は戦士職だな。その頑丈さは中々のようだ。

今の噛みつきで下手すりゃ死んだかと思ったが、足もパタパタしているし半殺しくらいで済んでいるようだ。

「ちなみにオッサンは数合わせだ」

「本当にひでえ扱いでやすねっ⁉」

と、そこで俺が全員に助け船を出してやった。

まあ、全ての魔物を一刀の下に屠《ほふ》っただけなんだがな。

全員が息も絶え絶えに真っ青の表情を作っている。

ってか、やっぱりコイツ等全然駄目だな。世間一般的には強者の部類なんだが、これじゃあ俺達の戦場じゃあ使い物にならない。

三枝は覚醒状態ならほんの少しだけなら使えるが、そもそもの素体が貧弱過ぎるので神の力を百パーセント扱えていない。

まずは素のままで、そこそこできるようになってもらわんと話にならん。

「ああ、オッサンさ。さっきの数合わせってのは冗談だ」

「って言うと？」

「俺の信頼できる知り合いの中では、リリスとコーデリアを除けば、お前等が一番戦力的にまともだからだよ」

そうして俺は指を三本立たせた。

「三人で一組だ。せめてそれで今のコーデリア……いや、それじゃ全然駄目だな。今の本気を出した状態のリリスのレベルには到達してもらう。当然命がけの道のりとなるがな」

三枝を中心としての三人一組。

アタッカーは三枝で、盾役のオッサン、そして臨機応変に攻守の二手で全員を魔法補佐するエルフの爺さん。

意外にこの三人のパーティーとしての相性は悪くない。

「……でも、どうしてそんなことをするんです？」

「アッシに至ってはギルドの仕事があるんでやすぜ？　キャンプ感覚で数日くらいのノリで誘われたからついてきましたが……」

「ああ、実はな……」

と、そうして俺は今現在のこの大地が置かれている状況と、モーゼズ達のような転生者の説明を始めた。

★

――遥か昔の太古の時代。

他恒星系に探査へと繰り出し、遺伝工学が生命を弄び、次々と神話生物を創造した時代。

文明による多大な恩恵を享受した人類だったが、それと同時に文明による多大な害を大地に与えることになる。

環境汚染は最悪のレベルに達し、それがゆえに他恒星系に活路を見出そうとしたが……それも叶わず。

科学技術で騙し騙しに大地を疲弊させながら生き永らえた人類だったが、ある時期に地球を滅ぼす前に人類自身を滅ぼすべきだという考えの思想団体が現れる。

当初は彼らは過激な暴力的思想組織とされた。

しかし、退廃し、希望なく先の見えない超科学都市において、終末論を唱える彼らはあらゆる国、あらゆる人種の間で徐々に勢力を伸ばすことになった。

最終的に、彼らは遺伝工学の超常の技によって自ら――人類に鉄槌を下す究極の生物兵器を作り出すことになる。


「――そうして滅んだ後に再生されたのがこの世界だ」

三枝達にでも理解しやすいように、実際に伝えた言葉には多少の脚色は加えているが、大体の事の顛末は伝わっているはずだ。

「過去のこの星で……そんなことがあったんです？」

「ああ、事情は色々と込み入っているみたいでな」

「それで転生者っていうのは？」

「さっきも説明しただろ？」

俺自身はネット小説なんかでお馴染みだったからすんなりと受け入れることができたが、三枝達にとってはそういう訳にもいかないのは分かる。

「とりあえず、アホみたいな強さでこの世界で生まれ変わった連中だ。まさか俺も未来へのタイムトリップだとは思わなかったがな」

「うーむ。アホみたいに強いとか言われてもですね。具体例がないと分からないです」

「分かりやすくハッキリ言うと俺だ。で、俺みたいな連中が二十人くらい他にもいたんだよ。まあ、俺は魔人化とかいう超チート持ってるから、個人戦力では転生者でも最強だけどな」

「なるほど……」とポンと三枝は手を打った。

「それ、凄い分かりやすいです」

そこでエルフの爺さんが難しい顔をしながら茶をすすった。

「ふむ。にわかには信じられんが、古代エルフ族の神話とも合致する部分が多いの」

「しかし本当なんですか？　一度この星が滅んでいるなんて」

「修行時代、最果ての土地の地下で、知っている名前の滅びた古代都市を俺自身の目で確認したよ。渋谷っつっても分かんねーだろうがな」

まあ、ハチ公以外は原形留めてなかったけどな。

日本語で書かれた色んなモノが残ってなかったら、俺も信じちゃいなかっただろう。

「いでんこうがくってのが良く分からないんですけど、要は生命創造の究極の技のことですよね？でも、神話生物を自ら作り出すってどういうことなんです？」

「元々は家畜の研究の応用だったんだろうけどな。最初は安価に美味しい肉が大量に取れる家畜の研究から始まって、その技は軍事にも転用された。最終的には旧文明を崩壊させた外なる神の出現に至る訳だが……」

「外なる神？」

「そこを今の段階で話すとややこしい。順を追って説明させてくれよな」

「ふむ……」

「まあ、生物兵器の最終到達点へと向かう過程で作られたのが神話生物となる。つまりは俺達が相手にしている魔物といわれる連中だ」

「あまりにも話が突飛過ぎて……本当に信じがたいです。いや、リュート君が嘘を吐いてるとは思わないですけどね？」

エルフの爺さんが三枝の頭にポンと掌を置いた。

「エルフ族の伝承にも同様の話があるぞい。まず間違いあるまい」

「でも、魔物っていうのは、古代の生物兵器としての側面もある訳なんですよね？」

「ああ、弱い魔物は初期の、強い魔物は後期の作品ってことかもしれねーな」

「それだけ技術の進んだ時代で兵器として通用するんだったら、私達が剣や槍で戦えるのはおかしくないですか？」

へえ、三枝にしては鋭い指摘だな。

「ああ、おかしいぞ」

「だったら――」

「だが、それを言うなら、そもそも俺達が魔法を使えることからしておかしいんだ」

そうして三枝は呆けた表情でこう言った。

「はぁ？　どうして魔法を使えることがおかしいんですか？」

まあ、魔法の存在しない世界ってこと自体が三枝には理解不能なんだろうから、これは仕方ないな。

「そもそも人間は魔法なんていう訳の分からん力を扱えるようにはできちゃいねえんだよ」

「……？」

何言ってんだコイツ的に三枝はポカンとして小首を傾《かし》げた。

「いや、これは本当にそうなんだ。信用してくれよな」

「じゃあ、どうして私達は魔法を使うことができているんです？」

「元々、この世界の人間もまた強化された種なんだよ」

「人間も……強化？」

ここが異世界ではなく超未来の地球だった場合、そもそもステータスなんていうものがあること自体が意味分からん。

それを三枝に言っても理解は難しいんだろうけどな。

「大気中と生物の体内に無数のナノマシンが撒かれていて、ステータスに応じて超常の技を使用する際に手助けをしてくれるっつー仕組みなんだ。異常な筋力もまた然りだな」

チンプンカンプンな風に三枝は目を白黒させている。

まあ、分からんだろうな。えーっと、どうやって説明すりゃいいのかな。

「大気中に四大精霊や気が溶け込んでいて、それが魔法や仙術を使用する際に重要な手助けをしてくれるのは知っているな？」

「あ、それなら分かりますです」

「要は四大精霊や大気の気と呼ばれるもの自体が、古代に作られた一つのシステムなんだよ。あるいはそれが生物兵器の力でもある」

「ふーむ……」

「そうして俺達人間もまた、そういった過去の文明が作ったシステムの後ろ盾なくして、モンスターが闊歩する世界では生きていくのは無理なんだ」

「……」

「だから、世界を滅ぼした際に、文明崩壊後の世界を生きる術として人類という種そのものに強化を施したんだ」

「でも、人類そのものが大地に対しての害悪である。そういう破滅思想の行きつく果てに、人類の全滅を旧人類は願ったんですよね？」

「ああ、そうだな」

「だったらどうしてわざわざそんな手助けをするようなことを？」

「結局――」と、俺は空を見上げた。

「残った良心……いや、偽善なんだろうな」

文明を崩壊させつつも、人類という種そのものまでは完全には刈り取らなかった。

それはきっと罪悪感を紛らわせるための措置というところなんだろう。

あまりにも中途半端で、そしてあまりにも人間的な結果だとも言える。

オマケに文明が進み過ぎないように、極悪な予防装置までキッチリとつけてやがるんだからな。

「ふーむ。大体の事情は分かりましたが、それで他の転生者さん達は何をしようとしているんです？」

「人口が増えすぎたから、連中は調整を自らの手で行おうとしている。かつて人類を滅ぼした粛清《しゅくせい》の神に自分達がなろうって訳だ」

「と、言いますと？」

「人口っていうのは、文明の進捗度のバロメーターでもあるんだよ。食料自給技術の向上が人口増加の主因だから、分かりやすくそこを見ている。まあ、個々人にばらまかれたナノマシンで人類の総人口は常に把握されていてな。五千万という数を超えないように調整されているんだよ。例えばそれは大厄災といった形だったりでな」

「あ……」と三枝は大きく口を開いた。

三枝が驚くのも無理はない。

古の時代から続く人類の危機であり、その度に人類の数割にも及ぶ人口を削り続けていた大厄災。

突然に引き起こされる悪魔的で理不尽な虐殺イベントで、その原因は誰も知らず、いや、知ろうともせずにただの自然災害として受け止めていたんだからな。

「それじゃあ今まで鬼神が出たり、人為的に大厄災のような現象が模されていたのも？」

「一つの実験だったんだろう」

「じゃあ、転生者の皆さんは、人工的大厄災を各地で引き起こして大虐殺による人口調整をするってことなんです？」

「ああ、そうなるだろう」

それだけが狙いではないフシも色々とあるんだが、とりあえずそれが行われるのは確定だ。

「でも、リュート君は今までどうしてそんな人達を放っておいたんです？」

「理由は二つある。一つ目は連中の目的がある意味では理に適っているからだ。連中を止めて虐殺を止めたとして、結果として五千万という人口を超えた後、逆に人類はそこで詰む」

「五千万を超えれば何かが起きるというのは想像がつくんです。でも、一体何が起きるんです？」

「俺達の知る世界ってのは、実はこの星という規模ではかなり狭い範囲内なんだ。いや、正確に言うのなら、俺達は狭い範囲の箱庭で生かされているってことだ」

「箱庭……ですか？」

「最果ての土地の更に外の世界では、未だに旧人類を滅ぼした究極の生物兵器の群れが闊歩してやがるんだよ。それは人という種族を見つけ次第殺すようにプログラミングされたキリングマシーンだ」

「でも、私達生きてますよね？」

「だから、生かされているんだ。俺達に認められた生存範囲、つまりは箱庭の中には生物兵器は入り込まないようにプログラムされているって話だな」

そこで三枝は何かに気づいたように息を呑んだ。

「それじゃあ、五千万という数字を超えると？」

「ご察しの通りに外から奴らがやってくる。大厄災や、あるいは古代文明崩壊の時みたいに一部を残すとは言わずに、一気に丸ごと刈り取られることになるって話だ」

「なるほど、です……」

と、そこまでの話を聞いて、三枝とエルフの爺さん、そしてギルド長が息を呑んだ。

「まあ、かなり……状況は切迫しているみたいでやすね」

「しかし、どうして今まで転生者達は計画を実行に移さなかったのじゃ？　話からすると色々とタイムリミット的にギリギリなんじゃろう？」

「それが二つ目の理由なんだが、連中も一枚岩じゃないってことだ」

「どういうことなんです？」

「モーゼズ。奴を中心にこの世界の人口を調整しようとしてる連中と、あくまでも現地にはかかわらずに、あるがままに任せて全てを保留にしようとしていた勢力があったんだよ」

「と、言うと？」

「つまりは、モーゼズ達を押さえつけていた勢力がいたんだ。ソイツ等と龍王達は相互不干渉の協定も結んでいてな。そうしてずっと世界のパワーバランスは保たれていたんだが、問題が起きた」

「……？」

「転生者達は過去に戻る術を発見した。マーリンのロリババアが言うには理論上はありえないとの話なんだが――ともかく連中は見つけたらしいんだよ」

と、そこで三枝は納得したようにポンと手を打った。

「そうして、穏健派の勢力が消えてモーゼズさん達というのが野放しになると？」

ああ、と俺は頷いた。

「今までも陰でコソコソはやってたみたいだが、それが大手を振って表の世界に干渉をしてくるだろう。放っておいても自然に大厄災は起きるんだが、自然発生だと連中のコントロール下に置けず、不測の事態が起きる可能性が高い。だから、人工的に大厄災を起こして人間を間引くって訳だ」

「なるほどです。それが一年という期間なんですね？」

「ああ、そういうことだ。一年後には、今モーゼズを抑えている連中は帰って、そして間違いなく大厄災が始まる。そして一番の問題は――」

「問題は？」

「奴らの思う適正な人口調整の形が、かなり不味そうってところだ。残る連中は揃いも揃って頭がぶっ飛んでいる奴ばかりみたいだからな。当然、看過《かんか》できないから、俺達で邪魔をする」

と、そこで話し終えると、みんなも休憩のお茶を飲み終えたようだ。

俺はニヤリと笑って、ゴキゴキと拳を鳴らし始めた。

「と、それが今の世界が置かれている状況だ。だからお前等を一年で叩き上げる」

「本当に大変なことになってるみたいですね。でも、ハードトレーニングはちょっと……」

怯える三枝に俺はニコリと笑った。

「大丈夫だ。ギリギリ死なない程度に調整する予定だ」

「……ワシの年齢をちいとばかり考えてもらえるとありがたいのじゃが」

「大丈夫だ。俺は千年以上生きてる奴を何人も知っている」

「……アッシはギルド長の仕事が」

「実は退職届なら俺が代筆して既に受付嬢に提出してある」

「リュートさんっ⁉」

「まあ、それは冗談だが休職はしてもらわんと困るな」

オッサンはしばらく考えて、そして地面に置いてあった剣を手に取った。

そうして、剣を天に掲げて諦めたように笑った。

「せっかくAランクまで上り詰めて田舎のギルド長の資格も得て、切った張ったの世界は引退して悠々自適のセカンドライフとシケこもうと思ったのに……とんだ人間と関わり合いになっちまったもんでやすね」

「俺はオッサンと出会えて良かったと思ってるぜ?」

「まったくリュートさんにはかないませんや」

口では色々と言っているが、全員の瞳に小さな覚悟の炎が灯ったのが分かる。

「ってことで、一年間ミッチリ仕込むからな。まずは魔物を狩って最低限のレベルアップをしてもらう」

そうして阿鼻叫喚《あびきょうかん》の地獄の一年間の合宿が始まった。


そして、それは――

――全てが終わった後、俺がこの世界から消えてしまうということの是非に対する、自分自身への一年間の問いかけの期間でもある。

サイド：コーデリア＝オールストン

馬車の中。

森の道をガタゴトと揺られながら私達は王都へと向かっていた。

「しかし、本当に我々もツイていませんね」

私の対面、東方の衣装に身を包んだ二十代後半の男——ヒコマロ＝アベノが扇子をひとあおぎしながらそう言った。

白を基調とした朱色の服、この服装は倭の国では陰陽師と呼ばれる者の戦装束だ。

「ヒコマロ、まあそう言うなよ」

私の横に座るオルステッドが呆れた風に肩をすくめた。

「東西南北の全ての勇者が集まっての大厄災処理の共同作戦。東の私、西のオルステッドさん、南のプラカッシュ」

言い換えれば、百式符術のヒコマロ、神槍のオルステッド、怪力無双のプラカッシュとなる。

私以外は全員が二十代の男。

ヒコマロは東方版のモーゼズっぽい感じの見た目で、オルステッドはスラっとした金髪の優男《やさおとこ》、プラカッシュは二つ名の通りに筋肉モリモリで浅黒い肌の寡黙な男だ。

で、今はこの三人全員がSランク級上位への到達者となっている。

歴代最高クラスの天才とも言われるオルステッドに至っては、最近Sランク級を超えたという話もあるよね。

そこでヒコマロが私に侮蔑《ぶべつ》の視線を向けてきた。

「そして――北の鮮血姫《バーサーカー》。戦闘能力もせいぜいAランク級冒険者程度という話ですし、挙句の果てには一年間の職務放棄と失踪ですよ？」

「だからそう言うなってヒコマロ」

「戦場で頭がおかしくなられて、後ろから襲われても困るのですよね。そもそもがAランク級程度であれば……冒険者ギルドから斡旋《あっせん》すればいい。そこまで稀有《けう》なる戦力という訳でもないでしょうに」

そこでオルステッドはギロリとヒコマロを睨みつけた。

「これ以上は言わない。そこで止めろ。俺はコーデリアを昔から知っている。力が未熟なのは認めるが、鮮血姫《バーサーカー》っていうのは何かの間違いだ」

ヒコマロが何かを言おうとしたところで、オルステッドはさえぎるように言葉を続けた。

「それ以上コーデリアに難癖をつけるなら、俺への文句だと受け取る。それでいいならいくらでも喋れ」

グググ……とばかりにヒコマロは押し黙った。

オルステッドはスキルである覇王のオーラを顕現させて、威圧でヒコマロに牽制《けんせい》を行っている。

オルステッドとは何度か魔物退治で共同戦線を張ったことはあるけど、基本は気のいい気さくなお兄さんって感じの人だ。

ただ、戦闘状態に突入すれば、阿修羅の如くに縦横無尽に槍を繰っていった。

今、彼が発している覇王のオーラだって、並の魔物じゃビビって近づいてこられないようなとんでもないシロモノだ。

彼が威圧のオーラを発しながら、魔物の巣窟《そうくつ》の中を無人の野の如くに一緒に歩いた時はそりゃあ驚いたもんだ。

それはもう、私自身が威圧に耐えられず、震えを隠すのに難儀するような有様だった。

「しかし、成長したなコーデリア」

「ん？」

「隠さずとも震えないようになったじゃないか」

「ああ、気付かれてたんだね」

はは……と、私は苦笑いして小さく頷いた。

うん、今、私は確信した。三人の中で最強のオルステッドが覇王のオーラを身に纏《まと》って、自らの力を誇示した訳だ。そして、私が思うことは――

「まあ、少しは私も成長したと思うよ」

なるほどね。

リュートはいつも私をこういう感じで見ていたのか。

そりゃあ、何でも一人でやっちゃうよね。そりゃあ、守らなきゃ……って思うよね。

馬鹿にされてると思って怒ったこともあったけど、私は本当にトンチンカンなことを思っていたんだね。


「しかし、オルステッドさん？　本当に大厄災が起こっていると？」

「規模は小さいがゴブリン種に進化が発生していることは確実だ。Sランク級個体のゴブリンエンペラーも複数確認されているし、最悪……アルティメットゴブリンの発生もありえるな」

本来はゴブリンの進化の過程には存在しないアルティメットゴブリン。

いや、実際には存在するんだけどシステム上の進化現象として、自力での到達のルートが存在しないだけなんだよね。

かつての大厄災で大きく人口調整を行ったとされる、大厄災の代名詞であるアルティメットゴブリン。

冒険者ギルド換算で言えば、恐らくはSSランク級上位で、各大国からAランク級以上の連中をかき集めて総力戦でもしないと討伐は不可能だろう。

いや、だからこそ私達が招喚されているんだけどさ。

「ですが、アルティメットゴブリンが本当に発生していたら、戦力が圧倒的に足りませんよね？」

「ああ、そうだなヒコマロ。確認されているだけで他に二か所も似たようなことが起きている地域がある。Aランク級以上の強者が分散召集されていて、ここは勇者達だけで何とかしろって話だ」

「だから、戦力が足りませんよね？」

そこでお手上げだとばかりにオルステッドは両手をあげた。

「そうだな。下手をせんでも全滅かもな。ともあれ、今から向かう王都で騎士団とギルドから少しばかりの戦力が補充できるということになっている。まあ結論はそれを見てから……」

と、そこで初めて南のプラカッシュが口を開いた――否、叫んだ。

「囲まれておるっ！　最低でも……ゴブリンエンペラーが十体っ！」

オルステッドは槍を掴み、ヒコマロは懐の呪符に手をやった。

「いきなりの団体さんか。ってか、その数は本当に進化が起きてやがるな。尋常じゃねえぞっ⁉」

私はヒノカグツチを手に立ち上がり、馬車の入り口へと歩を進める。

「おい、コーデリアっ⁉　お前……聖剣は？」

サブウェポンとして荷物に入れておいた聖剣を指さし、オルステッドは言った。

「……それは要らない。必要なら使っていいよ」

「いや、しかしお前っ！」

そうして私はそのまま馬車の外へと飛び降りる。

「まあ、こっちの動きは世界連合を通じて筒抜けだろうね。連合の密使みたいなことをやりながら、中枢部まで根を張ってたってことらしいし」

そうだよねモーゼズ。

押さえつけていた蓋が無くなれば、アンタは真っ先に私を力で自分のモノにしようと動いてくるよね。

さて、周囲の森の中にはゴブリンエンペラーが十三体にそして、アルティメットゴブリンが一体ってところか。

そこで私はフフっと笑った。手加減抜きでいきなり全力投球じゃない。

「でも、あいにくねモーゼズ。こちとらちょっと――ヴァージョンアップしてんのよっ！」

そうして、私は鞘から神殺しの――炎剣を抜いた。

★

とりあえず、今この瞬間に森の中で目視できるのはゴブリンエンペラーが三体。

大きさは普通のゴブリンよりもかなり大きい。とはいえ、元々が小柄な種族なので、実寸的には私とほとんど同じくらいかな？

見た目的に分かりやすいインパクトはないけど、それでも個体での討伐難度はS級だ。

そして、目視はできないけれど、気配から察するに半径三百メートル以内に十三体全てが揃っている。

まあ、小国なら十三体だけで簡単に落とせちゃうよね。

で、大将と思われるアルティメットゴブリンの位置については、遠くて正確な距離を測れる範囲内

ではないみたい。

いることは分かっているんだけど……いや、私の索敵能力の網から逃れているだけで近くにいるという可能性もあるか。

と、そこで、一番近くのゴブリンエンペラーが私に襲い掛かってきた。

私が剣で応戦しようとしたところで――

「コーデリアっ！　下がれっ！」

飛来した神槍グングニルが、ゴブリンエンペラーに突き刺さる。

そういえば、オルステッドには最近、私の聖剣みたいな聖器ではなく、古代文明の遺跡から発掘された神器が授与されたという話だ。

あの槍にはリュートのエクスカリバーと同じく神殺しの属性もついていて、魔物の再生能力も意味を成さない。

更に闘気の糸で操ることもできるから、投擲《とうてき》してもすぐに手元に戻ってくる形で使い勝手も良い。

そして、それを操るのがSランク級の壁を個人で突破した、当代最強の勇者である神槍のオルステッド。

そうなれば、私の眼前でゴブリンエンペラーが一撃で倒されるのもまた必然。

と、そこで私達の背後から新手のゴブリンエンペラーが飛び出してきた。

ゴブリンの爪撃をプラカッシュが怪力で受け止めて、その隙にアベノが陰陽の符術を練り上げる。

「炎符：メギドっ！」

獄炎がプラカッシュも巻き込んで炸裂した。当然ながらプラカッシュは盛大に燃える。

だが、この場の誰もプラカッシュを心配はしていない。

と、言うのも——

「流石だな」

「ええ、剣技に関する魔力操作すら捨てて、肉体言語を極めてしまえば魔法はむしろ邪魔。身体能力関連以外の自身の全ての魔力を封印する代償に、魔力にかかる全ての事象を半ば無効化してしまう」

「ああ、魔捨て……あるいは魔抜けだ。魔術師と組ませるとエグい性能を発揮する。久しぶりに見たが、いやはや、あれはあれで反則だな」

プラカッシュは勇者で言えば、ヒコマロと共に組んで真価を発揮する特殊タイプだ。膂力《りょりょく》で敵の動きを止めて、そしてプラカッシュもろともに殲滅《せんめつ》魔法で一撃で葬《ほうむ》り去る。

プラカッシュの魔力無効の防壁を抜くには、それを上回る超大規模な圧倒的魔力でゴリ押しするしかない。

私が知る限りでは、それができるのは本気を出した時のリリスの金色咆哮《ドラグズ・ジェノサイド》くらいのものかな。

まあ、あの女もこの一年で色々と面倒なことになってそうだけどね。

「コーデリア？　連中の網を突破して離脱する。俺達だけじゃゴブリンエンペラーはともかくアルテイメットゴブリンの対処は不能だっ！」

「いや、ここでケリをつける」

ボヤボヤしている時間はないんだよね。

だって、これから私は他の大厄災の現場に向かわなくちゃいけないんだから。

「おいコーデリア？　戦場じゃあ俺の言う事には従ってもらうぞ？　この中じゃお前が一番弱いんだからな。ともかく撤退の準備――」

と、その時、私は脳にビリっと電気が走ったような感覚に襲われた。

――来た。

大厄災の代名詞ともいわれる、本来は存在しないはずの幻獣種だ。

「金色に輝くゴブリン……か」

大きさは普通のゴブリンと変わらず非常に小柄で、ゴブリンエンペラーとは違って巨大化はしていない。

このあたりは鬼の最終進化形である鬼神と同じ理屈だろう。

見た目的な意味での弱さを打ち消す、力を誇示するための巨大化。そうであれば十分に強い者であれば、あるがままの自然な形に落ち着くのもまた道理か。

「不味いな……」

「どうするのです？　貴方がリーダーなのでしょうオルステッドさん⁉」

「………たとえ逃げても逃げきれるものではない」

寡黙なプラカッシュが口を開いた？

私も含めて一同が目を見開いたが、それほどまでに追い込まれていると三人は感じているんだろう。

そこでアルティメットゴブリンは周囲を見渡し、岩に腰をおろした。

そしてパチリと指を鳴らす。

少しの間を置いて、残る十一体のゴブリンエンペラーがゆっくりと歩みよって、私達を取り囲んだ。

「……本格的に不味いな」

「だからどうすると聞いているのですオルステッドさんっ⁉」

そこでお手上げだとばかりにオルステッドは肩をすくめた。

「ゴブリンエンペラーだけでもかなり厳しいだろうな」

「そんなことは分かっていますっ！　具体的な対処法……いや、逃走法の指示を求めているのですっ！」

「あのさ？」とオルステッドはアルティメットゴブリンに視線を送る。

「なあ、ヒコマロよ。お前はアレから逃げられると思うか？」

「……」

ヒコマロはしばらく押し黙り、オルステッドはその肩をポンと叩いた。

「それが答えだ。俺達の狙いはゴブリンエンペラーに絞る」

「ハぁ？」

「俺達で可能な限り殲滅するんだ。そうすれば後の連中が楽できるからな。やるだけやって散ろう」

「……玉砕戦ということですか？」

プラカッシュは瞼を閉じ――そして目を見開くと同時に拳を鳴らし始めた。

そうしてオルステッドは大きく頷いて槍を握る。

うん、ヒコマロ以外は基本的には男気溢れる連中なので私は嫌いじゃないよ。

そこで再度、アルティメットゴブリンがパチリと指を鳴らした。

すると金色の光がアルティメットゴブリンの体表から放たれ、十一体のゴブリンエンペラーに吸い込まれていく。

「全部のゴブリンが金色になっただと？」

「……恐らくは指揮官によるスキル強化というところでしょうか？」

さしずめ、金色の祝福というところか。

そうしてアルティメットゴブリンが、強化ゴブリンエンペラーの一体とオルステッドを指さし、そうして今度はまたゴブリンエンペラーの一体を指さし、次に私を指さした。

そのままアルティメットゴブリンは交互にゴブリンと人間を指していく。

「一対一での決闘をそれぞれ行えということか？」

「……言わずもがなで、そうでしょうね」

と、アルティメットゴブリンがパンと掌を叩いたその瞬間——ゴブリンエンペラーが跳んだ。

つまりは、それぞれがそれぞれに指名された勇者に向かって一直線にね。

「速いっ！」

オルステッドの言葉通り、先ほどのゴブリンエンペラーとは段違いの速度だ。

そして、当のオルステッドは何とか槍で爪撃を止めた。

が、プラカッシュは爪撃を肩口に受け、そのまま地面に引きずり倒されて馬乗りになられた。

寝技に持ち込めば格闘最強のプラカッシュの独壇場《どくだんじょう》のはずだけど……ダメ。力に差があって技術でカバーできていない。

オルステッドはほぼ互角ってところだけど、とりあえず、早いうちにみんなに加勢しないと死人が出そうね。そして――

「それでは皆さんご機嫌よう」

ヒコマロの体が宙に溶けて無数の紙――折り鶴となって空へと舞い上がっていく。

独自の脱出法のようで、この術式は私達ですらも知らない。

ってか、この状況で平気で逃げた？

いけすかないとは思っていたけど、どんだけなのよアレは？

前にコハルちゃんの一族をネチネチとハメたって疑惑があるけど、間違いなくアレが仕向けたことなんだろうね。

と、そこでアルティメットゴブリンは空に向けて掌を掲げた。

「メッセヨ」

掌からオーラが放たれ、幾千・幾万の折り鶴の群れが瞬時に焼け焦げて地面に落ちた。

そうして瞬きの後、その場に焼け焦げた肉塊が現れ、周囲に嗅ぎなれた臭いが充満する。

つまりはこれは、焼けた戦場の、肉の臭いだ。

「即死みたいだね」

いくらいけすかない奴とは言え、死人が出るのはやっぱり後味が悪い。

それはさておき、私にもゴブリンエンペラーが飛び掛かってきている訳だけど……。

「――仙気解放」

リュートの場合はステータスを爆上げするために、古今東西のありとあらゆる燃費の悪い身体強化法を幾十、あるいは幾百という単位で戦闘中に使用する。

数十万クラスのバカげたＭＰと、そして仙術によって大気の魔素を体内に取り込んで、ＭＰに再変換するという形で、アイツの非常識は成り立っているんだ。

元々は仙術っていうのは最終的には魂を大気に同化させ、自らを神格化させるという、何だかよく分からない宗教染みたところが目的なんだよね。

そういう意味で、大気の魔素の流れを操るというリュートの手法は、至極まっとうな仙術の戦闘への利用法だろう。

そして、私の場合もそれと基本は同じだ。

けど、そもそものＭＰが普通の剣士程度しかないということで、リュートと同じ手法では効果が薄い。

いや、バーサーカーモード程度のＭＰ消費なら、枯渇《こかつ》を気にしなくても良いという利点はあるのだけれど。

で、まあ私の師匠と同じく、私は仙術の脳筋使用を選択した。

体内に取り込むのではなく、体表に取り込んで武装として活用する。

――要は、錬成した仙気を四肢と剣に纏わせるってこと。

これで攻撃力と防御力の爆上げがなされるってことだね。

他にも反射神経強化とか、運動性能強化とか、魔法耐性強化とか、まあ色々とやったことはあるんだけど、基本的にはそんな感じの究極脳筋仕様となっている。

で、それで私が剣を振るとどうなるかと言うと——

「ギャっ！」

強化ゴブリンエンペラーを一刀両断、そのままプラカッシュのところに跳躍。

馬乗りの状態のゴブリンエンペラーの首を刎《は》ねる。と、そこでヒコマロと戦うはずだったゴブリンエンペラーが私の背後から爪撃。

簡単に避けることはできるけど、実戦で扱ったことはほとんどないので、練習がてらピンポイントに仙気を鎧に集める。

——ガキィイイインッ！

けたたましい音が鳴るが、鎧は無傷。

良し、防御も完璧。練習通りにできる。

「はい、三体目」

ゴブリンエンペラーの胸を貫いたところで、オルステッドは自分が相手にしていたゴブリンエンペラーを独力で退治できたようだ。

「コー……デリア？　お前……？」

「今からちょっと失礼なこと言うけど、怒らないで聞いてねオルステッド？」

「何だ……？」

「──足手まといだから後ろで見ててっ！」

「え……いや……でも……コーデリア？」

狼狽するオルステッドを私は叱責《しっせき》した。

「いいからっ！　大人しく見ておいてっ！　アンタ達にはアンタ達でやってもらいたいことがあるんだからっ！　ここで怪我をさせる訳にはいかないっ！」

そうして私は「さて……」と独り言《ご》ちた。

相手はアルティメットゴブリンであり、大厄災の代名詞。

その力は単独で大国をも飲み込むと言われているほどの規格外だ。

アルティメットゴブリンは先ほどの私の動きを見て、警戒の度合いを高めている。

立ち上がり、そして周囲を一瞥して──やはりアルティメットゴブリンは指をパチリと鳴らした。

──総攻撃。

残る全ての強化ゴブリンエンペラーと、そしてアルティメットゴブリンがこちらに飛び掛かってきた。

そこで私は思わず舌打ちをしてしまった。

と、いうのもゴブリンエンペラーが五体ほど体表硬化術式を使用したのだ。

いや、そのこと自体には何も思うことはないのだけど──アルティメットゴブリンはその五体を前面に押し出して盾にしたのだ。

つまりは五体を矢面に立たせて、その背後に隠れながら、残りが私に突撃してくる格好となる。

とりあえず、一番厄介そうなのは硬化したゴブリンの背後に隠れている親玉なのは間違いない。

私は気合の咆哮《ほうこう》と共に、硬化したゴブリンに剣を突き刺した。

「中々高度な硬化術式ね。こんなのオルステッドでも傷をつけることすら無理なんじゃ……？」

恐らく私でも一撃で倒すことはできない。二の矢三の矢でようやくというところかな。

だから、この一撃でいくらかのダメージを与えられれば御の字と思っていたんだけど――

――剣は硬化したゴブリンエンペラーの体表をものともせずに、それどころかまとめて三体分のゴブリンを貫いた。

「これが……ヒノカグツチ？」

ドサリと三体のゴブリンが地面に倒れ、続けざまに上から襲い掛かってきたゴブリンにも一閃。

っていうか、硬化したゴブリンも、そうでないゴブリンも手ごたえに違いを感じない。

まるで空気を切るかのようなのだ。

「どんだけデタラメ性能の剣なのよ」

半ば乾いた笑いと共に、私は横合いから飛び掛かってきたゴブリンを大上段から切り下ろす。

勢いあまって地面に剣が接触したが――地面も切れた。

いや、地面が燃えた。

剣閃の直線上に十メートル。青い火柱が土の上を走り所々の土がガラス化していく。

「国を産んだ地母神を焼き殺したっていう神話は、伊達じゃないみたいね」

良い剣ってのは、使用者の思うがままに切れたり切れなかったりする。

だけどこの剣は触れるモノの全てを切り裂き燃やし尽くす炎の魔剣だ。本当にじゃじゃ馬もいいところみたいね。

「ハアアアア――っ！」

剣を振る。ゴブリンが倒れる。

剣を振る。ゴブリンの首が飛ぶ。

――これでトータル十三体っ！

全てのゴブリンエンペラーを屠った私は、剣を片手にアルティメットゴブリンと向き合った。

金色に輝くゴブリン。

そこにいるだけでわかる圧倒的な威圧感に、私の第六感が最大限のアラートを脳内に響かせる。

でも……と私は思う。

アルティメットゴブリンは私を見て、配下の強化ゴブリンエンペラーを捨て駒に使った。

いや、使わざるを得なかったと言うべきか。

少なくとも、アルティメットゴブリンは私を脅威と認識したということなのだ。

そして私自身も師匠やリュートほどの威圧感を、この魔物は発してはいない。

私がニヤリと口元を歪めると同時、アルティメットゴブリンはこちらに向けて駆け出してきた。

――速い。

でも、対応できないなんてことはない。

繰り出された爪を剣で受け、そして蹴りを入れる。

アルティメットゴブリンが蹴り飛ばされ、巻き込まれた樹木がなぎ倒されていく。

重く低い音が森林に響き渡る。

そうして大樹にメリ込んだところでアルティメットゴブリンは停止した。

蹴り自体のダメージについてはほとんど無かったみたいだけど、そこでゴブリンは「ギャっ！」と汚い悲鳴をあげた。

と、言うのも、さっき私に攻撃を剣で受けられた影響で、ゴブリンの最大の攻撃手段である爪が溶けていたのだ。

さすがは炎神の魔剣だと私は苦笑いする。

「ともかく右手の爪はもう使い物にはならないわね」

そこでアルティメットゴブリンの瞳の色が変わった。

金色に輝く度合いが強まり、更に身に纏うオーラに黒色が交じりだしたのだ。

「……暗黒闘気か」

黒と金のハイブリッド方式ってところで、そこで私の背中に嫌な汗が走った。

アルティメットゴブリンの表情は苦悶に歪んでいて、私で言うと……かつてのバーサーカーモードのように肉体に無理がある強化方法なのだろう。

数分間か数十秒間かは分からない。

それに、追い詰められてようやく出してきた手段だから、本当に奥の手でもあるのだろう。

つまりはこれをしのげば恐らく完全に完封することはできる。

でも、恐らく簡単にそうはさせて貰えないだろう。

「くっ！」

縮地と言い換えても良いような速度でアルティメットゴブリンは私に迫り、そして左手の爪を繰り出してきた。

ほとんど見えないレベルの速度での攻撃だ。

勘だけで避けたが、次に牙の噛みつきが来た。こちらはギリギリで見えたので普通に避けるが、次に蹴り……右足の爪が来た。

「くっそっ！」

バックステップで距離を取ろうとするけど、すぐに距離が詰められて仕切り直しをさせてくれない。

流石は伝説に残る大厄災の代名詞とも言える悪夢の幻獣種だ。数多の勇者とSランク級冒険者の命を刈り取っただけのことはある。

そうしてアルティメットゴブリンが優勢を確信しニヤリと笑ったところで、私もやはりニヤリと笑った。

「まさか初っ端からこっちも奥の手を使うなんてね」

私の瞳に朱色の炎が灯る。

そして私の剣にもまた文字通りの青い炎が灯った。

「いや、ヒノカグツチまでパワーアップするのは聞いてないけどね」

ひょっとしてこの剣は術者の力量によって真価を発揮する系の武器だったりするのだろうか？

――私はこの一年で仙術を覚えて近接戦闘力を爆発的に向上させた。

けれど、元々の力であるバーサーカーモードはそのまま残っている訳だ。

そして、それはやっぱり私の奥の手という意味では変わらない。

ギョっとした表情のアルティメットゴブリンが私に攻撃を繰り出してくるけれど――

「生憎だけど、こんなところで私は止まれないのよね」

一ミリの見切りで爪を避けて、剣を一閃。

アルティメットゴブリンの首が飛んで、私は小さく頷いた。

「ずっと昔に私を追い越して、私を置いてけぼりにした奴がいる。一人で、ずっとずっと向こうの遥か先に走って行っちゃった奴を……私は追い抜かなくちゃいけないからっ！」

と、剣を鞘に納めると同時、オルステッドが狼狽した様子で問いかけてきた。

「コーデリア……お前……その力は……？」

オルステッドの震え声での問いかけには応じない。

そして、私は懐から龍王の書状を取り出して、オルステッドに手交した。

「これは？」

「中身を見れば分かるわ。実は相当にダッシュな展開になってて、アンタ達にはアンタ達の役目がある。時間がないから神聖皇国に今すぐ向かって」

そうして、私は西の方角に歩き始めようとした。

「おいお前どこに？」

「世界各地で大厄災が起こっているんだよね？」

「ああ、そうだと聞いたが……？」

「なら、聞くまでもないわ。私は行く……次の戦場にね」

そうして私は一歩を踏み出した。

——今の私がリュートを追い越したとまでは思えない。

けれど……とギュっと拳を握りしめた。

——差は確実に縮まっているはず。いや、一気に縮めたはずだ。

「そう。手を伸ばせば……届かないなんてことはないっていう程度にはねっ！」

サイド：リリス

「……学徒出陣」

人類の状況はあまりにも切迫している。

と、言うのも、ほぼ同時に三か所で大厄災が起こったという話だ。

既にいくつかの国が、Ｓランク級を遥かに超えた規格外の魔物率いる人工進化個体に呑まれたという。

そして、人類のAランク級以上の戦力は各地に分散投入されて、勇者ですらもまともな後方支援を受けられない状態での戦闘を強いられている。

まあ、あそこにはコーデリア＝オールストンがいるので、どうとでもなるだろうが。

それに連中としてはあくまでも、大厄災は前哨戦で本丸の狙いは別にあるというフシもある。

と、それはさておき、私の所属するアルテナ魔法学院にまで学生の出陣の要請がきたという次第だ。

「おい、俺等が相手するのって……オーガ種だよな？」

「鬼神が複数体確認されてるって話だぞ？」

「モラール国が既に壊滅させられて、大量の難民も出ているという話……」

出陣前――平原に整列した学生達が口々に悲愴な表情を浮かべて喋っている。

それも無理はない。

この連中であれば捨て駒としての価値すらもないのに、焼け石に水を承知で動員されているのだから。

そう、この人達は解体小屋に並んでいる豚と比べ、本質的な意味合いは何も変わらないのだ。

ちなみに、私達は学生部隊として整列しているので一か所に固まっている。が、やはり本職の連中はかなりマシな人材が多いようだ。

証拠に、こちらはザワザワとうるさいが、向こう側はほとんど無駄口を叩いてはいない。

「……総数で一万人程度の戦力だろうか。即興でかき集めたにしては中々の戦力のように見える」

Aランク級やSランク級の戦力も総計で数十人以上導入されているということで、鬼神が数体程度の群れであれば、こちらの損壊に目を瞑れば討伐はできるだろう。

――ただし、鬼神は二十体以上いる。

マーリン配下のギルド本部のグランドマスターからの情報なのでまず間違いない。

必然ながら、この程度の戦力では全滅だ。

――まあ、それが読めていたので私がここにいる訳だが。

辺境諸国がかき集めた戦力にしては、ここの陣営は強者揃いだ。

――ここで散らせるにはあまりにも惜しい。

と、その時、陣内のそこかしこから歓声があがった。

そうして歓声はこちらに近づいてきて――

「――伝令っ！　伝令っ！　不死者の森にて――四人の勇者が総力を結集し――アルティメットゴブリンを討ち取ったとのことっ！」

大声と共に早馬に乗った男が陣内を駆け抜けていく。

歓声も無理はない。同時多発の大厄災の一つ――それも大厄災の代名詞たるアルティメットゴブリンを潰したという話だ。

絶望的な状況に置かれている現況で、これ以上に希望に満ち溢れるニュースはないだろう。

まあ、アルティメットゴブリンを討ち取ったのは四人の勇者ではなく――コーデリア＝オールストン単独でなのだろうが。

「……さて。お遊びはここまで」

私は学生の列から抜けて、一直線に本陣へと向かう。

そう、リュートかコーデリア＝オールストンのどちらかが大厄災の一つを片付けた場合に私は動く予定だった。

私にその情報が伝わるということは、モーゼズもその事実を知る。

つまりは私達が蹂躙《じゅうりん》されるだけの子羊ではなく、牙を持った狼であると連中も知ることになる。

それまではギリギリまで大人しくしているつもりだった。

が、コーデリア＝オールストンが本当の意味での人外の戦い、その開幕の狼煙《のろし》をあげたのだ。

そうであれば私もボヤボヤとはしていられない。

★

陣内をしばらく歩くと、天幕が見えてきた。

本陣の奥深く、大将の天幕の中にはＳＳランク級に数えられる者がいる。

つまりは、今回の掃討作戦の責任者である剣聖神・リチャードがいるはずだ。

天幕の近くは警護が凄かったので、龍魔術を駆使して透明化と気配消去を念入りに行ってはいるが、それでも私は溜め息をついてしまった。

——錬度が低い。

基本的には大物を狩るのはAランク級以上の仕事で、学生を始めとした低い技量の者は掃討戦の戦闘員や捨て駒としての用途となる。

そうであれば、この天幕の周囲には高ランク級冒険者相当の連中しかいないはず。

けれど、誰も私に気づかない。

と、大将の天幕の中に入った時——

「……誰だ？」

前言撤回。流石にSSランク級のこの男は気づいたようだ。

「……私はリリス」

「リリス？」

「……龍王の使いと言い換えてもいい」

そこでリチャードはギョっとした表情を作った。

「それで？」

「……ここは私が収める。貴方達が出ても無駄に屍《しかばね》を築くだけ」

「龍王の関係者とあれば、ハッタリという訳でもないのだろうな。しかし、単独で殴り込みをかけるつもりか？」

その言葉には私は応じずに、リチャードにこう尋ねた。

「……鬼神達の本拠地の場所を知りたい」

するとリチャードは東の方向を指し示した。

「外に出て東を見れば大きな山が一つあるから、すぐに分かる。鬼哭山《おになき》と呼ばれていてな。昔からの鬼の住処《すみか》らしい」

「……なるほど」

私が軽く頷き一歩を進めたところで、リチャードがポンと私の肩を叩いた。

「少数精鋭策というのも悪くはない。私と他のSランク級十名程度であれば力を貸すが？　流石に一人で行かせる訳には……」

そこで私はクスリと笑った。

「ここは私が収める。貴方達は神聖皇国に向かって欲しい」

そうして私は懐から龍王の書状を取り出し、リチャードに手交した。

「これは？」

「読めば分かる」

「しかし……オイっ！　本当に一人で行く気かっ⁉」

要件は伝えたので、私は大将の天幕から外に出た。

「待てっ！　待てっ！」

肩を掴まれたので私はため息と共に口を開いた。

「……何？」

「君もまたSランク級以上の――人類の貴重な戦力なのだろう？　戦力の逐次投入は愚策もいいところだっ！」

「……それで？」

「せめて我々と共に一緒に戦って欲しい。貴重な戦力を無駄死にさせる訳にはいかないっ！」

再度の深いため息。

私は首を左右に振りながらこう言った。

「……貴方達では足手まといだと――そう言っている」

「えっ？」

「……それに私は鬼哭山《おになき》には向かわない。今、ここであの場のケリをつける」

「どういうこと……？」

私はマーリンから餞別《せんべつ》代わりに授かった、天魔の杖を鬼哭山《おになき》に向けて掲げた。

「……索敵関連の都合十のスキルを発動。また、禁術によるサーチも同時発動」

圧倒的な情報量が私の頭に溢れて、瞬時に頭痛と吐き気に襲われる。

「……やはり人間：リリスとして扱いきれる情報量ではない」

――龍の魔眼を発動させる。

額の第三の瞳に宿った父さんが情報処理操作を補佐してくれるので、頭痛は一気に軽減された。

「……人間の反応はゼロ。当初の予定どおりにコトを進める」

脳内に形成されている龍魔術の回路に魔力を通す。

同時に禁術を発動させて、心臓からの生体エネルギーを魔力エネルギーに直接変換。

リュートが近くにいないので無限に近いとすら思える膨大なＭＰは使用できないが——二発までなら今の私であれば可能。

脳から龍魔法を杖に流す。

心臓から魂——生命エネルギーそのものを杖に流す。

二つの魔法を杖の中で融合し、そして錬成させていく。

そして——


——禁術の神髄《しんずい》……微小なりし深淵世界へと至る禁断の扉をこじ開ける。


リュート曰く、微小なりし深淵世界とは分子、あるいは原子の世界だという。

それは私達とは表現が違うが、本質は全く同じモノだ。

証拠に、師であるマーリンが辿り着いた数式と、アインシュタインという理論物理学者が辿り着いた数式は共に同じモノだった。

つまりはＥ＝ｍｃの二乗。


——それは光と質量の本質。

モノがそこにあるという概念を消失させて、天文学的規模の破壊エネルギーを取り出す——禁断の扉への鍵となる。

「……核熱咆哮《ドラグズ・ニュークリアー》」

父から受け継いだ金色の咆哮《ドラグズ・ジェノサイド》が、師が示した禁術の神髄《しんずい》へと至った。

そう、これは——世界で私だけのオリジナル魔法だ。

山に熱線が一直線に伸びていき——

——煌めく閃光。

——響く轟音。

——立ち上るキノコ雲。

——そして続く熱風。

「や、や……山が……吹き飛んだっ⁉」

剣聖神がその場で腰を抜かして、山の方角を指さしながらそう言った。

「……爆心地近辺に地図の描き換えが必要な程度の大穴が開いたのは事実だろう。後は表面を吹き飛ばしただけに過ぎない」

核熱によってキノコ雲が発生し、煙は晴れてはいないけれど、山の表面は吹き飛ばされたはずだ。

まあ、ハゲ山となって、残すは岩肌と赤土といったところだろうか。

——無論、山に潜んでいた鬼達は、灼熱の閃光で死神の鎌で命を刈り取られた。

そうして私は満足げに大きく頷いた。

「……仕上がりの具合は百二十パーセント。これならリュートの足手まといにはならない」

そうして私は次の戦場へと向けて歩みを進め始めたのだった。

サイド：モーゼズ

ここは魔界と人界の境界の国。

そして、人界としては最果ての辺境国となる。

——それは国と言うには名ばかりで、人口は千を数える程度だろうか。

実質的には集落と言った方がふさわしい、そんな場所だ。

「さて……赤羽《あかばね》さん？　どのような状況でしょうか？」

国王の住んでいた邸宅と言うにはあまりにも貧相な家屋の中、ワイングラスを手に持つ一対の男女。

眼鏡の男と、東方の巫女風の恰好をした女がワイングラスをカチリと交わらせる。

「国王を金で買収して王権の譲渡。一応は正当な形で私が替え玉で王様になってから三ヶ月。まあ、見ての通りに『ゆりかご』は発動しましたわ」

彼らがテラスから眺める範囲――集落の至るところに死体が転がっていた。

家屋の窓から覗くのは就寝中だったのだろうか、ベッドの中の死体。

あるいは、畑には農作業中の男の死体。

森の近くでは狩猟中の猟師が、川遊び中の子供が――その全てが表情に苦悶の一つも無く、安らかな顔で永久の眠りについていた。

「やはりタイムラグは三ヶ月ですか。儀典の情報通りですね」

「大厄災よりも遥かに強力な、システム運営権限による直接介入の――調整器具《アーティファクト》ということでございますわね」

「ええ、緊急避難用に管理者が遺した調整器具《アーティファクト》ということですね。しかし予想以上の効果ですね、素晴らしい」

「しかし、モーゼズ様？　本当に……調整器具《アーティファクト》を使用してもよろしいので？」

グラスに口をつけながらモーゼズはニヤリと笑った。

「我々を押さえていた勢力は、もうこの世にはありません。無論、問題ありませんよ」

「穏健派は集団自殺……ふふ、今思い出しても中々面白いですわ。しかし、本当によろしいので？」

「と、おっしゃると？」

「——終わりが始まりますわよ？」

「ええ、構いません。準備は既に整っています。人類の人工進化研究も完了し、量産型五百体《オーヴァーズ》の作製も終了していますしね」

「量産型の勇者を自らの手で作る。最早人の所業ではありませんわね」

「この世界を作り出したのが旧人類であれば、旧人類そのものである私達は神である。ゆえに特殊なスキルも与えられている。違いますか？」

「ええ、然りですわね。ところで、方舟《はこぶね》の人員の選定は終わったのでしょうか？」

「新たな未来に向かうことができる者は……既に選定されていますよ。皆、優秀な者ばかりです」

そこで赤羽と呼ばれた女は楽し気に口元を歪めた。

「しかし、皮肉な話ですわね」

「リュート＝マクレーン。次回の大厄災は彼のせいで、予定数の調整ができないとシステムが判断しましたからね。ゆえに我々が人工の調整をやらないといけません」

「——まあ、ある意味では私達は救世主なのでしょうがね」

そこでモーゼズは、心外だとばかりに唇でクチバシを作った。

「別に正義という訳ではないのですけどね。私には目的がありますので」

「コーデリア嬢のこと？　しかし、モーゼス様は本当に気持ちが悪いですわね」

「純愛と言ってもらいたい。美しき戦乙女。コーデリア＝オールストンさんを方舟《はこぶね》に乗せ、私達の種が新人類の第一世代となるのです。アダムとイブ……素敵な響きだとは思いませんか？」

「ふふ、本当に気持ち悪いですわ。有り得ないくらいに。まあ、味方の私が思うのですから、勇者コーデリア嬢も災難というところでしょうか」

「ともかく、『ゆりかご』です。古代文明が遺した調整器具《アーティファクト》である『ゆりかご』。それぞれの国の頂点である為政者の意思によって、人々は自らの意思を失って自殺へと誘導されます」

「母親の言うことを聞くだけの赤子みたいな状態になり、半ば夢を見ながらに、気が付けば死ぬということで『ゆりかご』ですか。ふふ……本当にモーゼズ様らしい趣味の悪い最悪のネーミングセンスですわね。気持ち悪い」

と、モーゼズは赤ワインを一気に呷《あお》った。

「私には良いセンスに見えますがね？」

「賢者……前の世界で三十歳まで童貞だった男のセンスですからね、ふふ、本当に気持ち悪い」

「赤羽さん？　それは言わない約束ですよ？」

「ふふ……ところで、神聖皇国への量産型《オーヴァーズ》の配置は全軍……五百でよろしいので？」

「ええ。大厄災で各国はてんやわんやの大騒ぎ。神聖皇国の軍備も通常の半分以下です。そこを量産型《オーヴァーズ》で強襲し、屈服させた後に正当な手続きをもって皇権と法王権を我々に移譲させます」

「そうして『ゆりかご』を発動させ、神神聖教会の信徒——この世界の全人口の七割を一撃で葬り去る」

「そういうことですね。正に救世です。そしてタイムラグの三ヶ月があるとはいえ、一度条件が成立してしまえば止めることも不可能で、神聖皇国を取った時点でこちらの勝利は確定となるので重要ですよ。ああ、そういえば方舟はどうなっています？」

「既に彼の地に千名の人員は移住済みですわ」

「次世代に残すべき、私の選んだ優秀な遺伝子を持つ者達です。丁重に扱うように徹底させなさい」

言葉を聞いて、クスクスと赤羽は笑い始める。

「しかし、本当に酷いことをしますわね？」

「と、言うと？」

「量産型《オーヴァーズ》は肉体改造で長くは生きることのできない使い捨てですわ。更に『ゆりかご』で今の人類のほとんどを粛清し人口問題を解決……神神聖教会の教圏外の残った三割も徹底的に粛清するのでしょう？」

「ええ、そして、全てを粛清し、人口を数千人まで減少させる。そうして、システムによる粛清と崩壊から遠く逃れた世界で……私の選んだ者達だけがノアの方舟に乗り、次世代の人類を繁栄させてエデンを創世するのです」

「私達転生者の遺伝子を、これから先の人類の祖として色濃く残すという訳ですか。私にはよく分からない世界ですが、モーゼズ様や他の男衆にとっては、それは大事なことなんでしょうね」

「ええ、生物の目的が繁殖であれば、自らの遺伝子をより多く残す者が最終的な勝者となりますから」

「第一世代の子世代については、転生者の男子の子のみとする。それ以降は劣性遺伝を防ぐために連れて行った千人と子達の間での生殖ですか。本当に良く分からない世界ですわね……気持ち悪い」

「ちなみに私については、子は数人しか為しませんよ？」

「勇者コーデリア嬢とモーゼス様の子供については、皇族として特殊な繁殖の仕方をさせる……のでしたか？」

「そうです。ああ、そうそう、農作業や雑務を行う奴隷の男達の生殖器官は切り落としておいてください。選ばれし優秀な遺伝子以外は必要ありませんから」

「しかし、コーデリア嬢も厄介なストーカーに絡まれたものですわね。精神を汚染して意思を持たぬ人形を囲って何が楽しいのでしょうか？」

「分かりませんか？　それこそが愛なのですよ」

「確か……モーゼス様は勇者コーデリア嬢との初夜のために、未だに童貞だったのですわよね？」

「ええ、私は純潔を保っていますよ。それこそが愛ですから」

と、そこで赤羽は満面の笑みを浮かべて、心の底から愉快だとばかりにこう言った。

「モーゼス様は本当に気持ちが悪い」

「それでは、最高にして最悪の救世計画を……始めましょうか。まずは神聖皇国を取ります。そして、そこでチェックメイトです」

サイド：アルベール王

「以上が法王様からの命となります」

それだけ言い残し、数時間前に使者は去って行った。

そうして俺は「ふぅ」とため息をついて、玉座から天井を見上げた。

「しかし爺よ。獣人の国の一件から一年……思えば遠くまで来たものよな」

「ええ、そうですな。まあ、困ったときはあの村人がフラリと現れて全てを吹き飛ばしていきましたが」

「はは、それはそうだな。とは言え、この俺が大陸の三割を平定し、神神聖教会の四剣に選ばれるに至った……一年前からすれば考えられもしなかったことだ」

教圏の半分以上の版図を統べる皇帝は、一族から法王も選出している。

つまり、神聖皇帝と言えば、実質的に教圏全てを握るこの大陸の覇者と言っても差し支えがない。

世界連合とはつまり、神聖皇国にプラスで辺境連合を加えたものとなる訳だ。

そして、我が国は元々は神聖教会の教圏に属している。

辺境連合に属さぬ蛮族の国を次々に平定したとは言え、四剣と呼ばれる今の立場は神聖皇国の同盟国……いや、神神聖教会の剣……つまりは下部組織に近いか。

今後、神聖皇国を制するにしても、戦という形ではなく政治の世界での話となるだろう。

まあ、とどのつまりは教会内部での立場を確保して勢力争いということだ。


——俺の世界制覇の夢は次なるステージに到達したといえる。


と、浮かれていた俺が阿呆だった。

「まあ、そのおかげで面倒ごとを押し付けられましたが」

「しかし、本当に難題を言い渡されたな」

「ええ、然りです」

「大厄災の対処……とな。ちなみに他の三剣は？」

「影草からの報告によると、我々と同じですな。そして命令どおりに各々三地点のいずれかの対処にでております」

「で、神聖皇国本体については？」

「……大厄災に備え、神聖皇国首都に陣を張るそうな」

「なるほど。対外的に教会は俺達に大厄災の処理をさせたという名目を作り、自分だけは安全な場所で穴熊か」

「左様でございますな……法王に逆らいますか？」

いや……と俺は大きくため息をついた。

「既に負けている。是非も無し」

「と、おっしゃいますと？」

「仮に神聖皇国に魔物が溢れたとして、奴らは軍を逃走させるだろう」

「彼奴等は力を温存させるつもり……と？」

「歴史を紐解けば大厄災とは津波のようなものだからな。来ると分かっていれば逃げることは難しくもない。国を捨てて津波の被災地を見捨てれば……の話だが」

「愚かな。民を無くしてどうやって国土を維持すると？」

「大厄災に呑まれず残った地を、温存させた力でもって奪い、後に搾取すればいい。そして我らは仮に大厄災を乗り越えたとして、その後に疲弊した四剣は全て神聖皇国に呑まれるだろうな」

「残り少なくなる土地、資源は有限。ならば、今までのような形での国……土地の分配は行えないと？　しかし、それでは……」

「ああ、王の道ではなく外道の道だ。ゆえに、我らは引けん」

「とは言え……」

「だから、負けている。是非も無いのだ。そして奴らはだからこそ、俺達を矢面に立たせた」

「王であれば必ず大厄災に全力をもって対処すると？」

「ああ、俺がそうすれば多少でも民は守られ、どこぞの土地は無傷で残る」

「そこで疲弊した我らを強襲し、残った餅を喰らう……と？」

「そう、阿呆でなければそうなることは誰でも分かる」

さて、困った。

前門の大厄災、後門の神神聖教会とは正にこのことか。

全国家が力を合わせて難題に対処せねばならんというのに、この期に及んで国取り合戦に頭を悩ませることになるとは。

と、そこで謁見《えっけん》の間の扉が開かれた。

「……Sランク級相当の猛者《もさ》を警護につかせていたのだがな？」

「コレのことでしょうか？」

四十代の壮年の男は扉を大きく開くと、通路には当身《あてみ》で気絶させられている近衛《このえ》の姿が見えた。

「何者だ？」

「火急の事なので、失礼を承知で正面から謁見《えっけん》に参りました」

「名を名乗れと言っている」

「ローランド＝エリントンと申します。世間的にはグランドギルドマスターという呼称の方が通りはいいですかね」

「……貴様であれば、手続きを介すれば俺と会う事など造作もなかろう？」

「だから、火急なのです。時に、神神聖教会からの命は届いた頃でしょうかな？」

タイミングを分かった上でここに来たということか。

それに、どこぞの安全保障の会合で見た顔でもあるし、グランドギルドマスターという言葉も嘘ではあるまい。

「どうしてギルドが統治の世界の話を知っている？」

「それは私がグランドギルドマスターとしてだけではなく、龍王の使いとしてここにいるからですよ」

「……？」

そこでグランドギルドマスターは「はてな」と小首を傾《かし》げる。

そうして、ポンと掌を叩いた。

「分かりづらかったですかね。ならば、リュート＝マクレーンの使いと言い換えてもいい。曰く、割とマジでヤバいから散々に貸してやった借りを返せ……とのことですね」

「なるほど、そういうことか」

俺は玉座から立ち上がり、グランドギルドマスターに歩を進める。

と、言うか、ぶっちゃけると何のことだかサッパリ分からん。が、アレ絡みということならば、むしろ俺の常識で考えるほうがどうかしている。

そこまで考えて、俺は自分の口元が緩んでいることに気付いた。

「握手を求める。グランドギルドマスター」

「……ん？　どういうことでしょうか？」

「貴様はリュートという名を出した。それならば、貴様は俺の盟友であり、俺は貴様の盟友でもあるということだ」

「なるほど、心酔しているのですね」

「で、俺に何をさせるというのだ？」

「王よ。貴方にやってもらうことは全軍を率いて神聖皇国の首都に出向くことです」

「しかし、組織として大厄災に抵抗せねば人の半数は滅ぶぞ？」

「リュート＝マクレーン曰く、それはこちらで対処するので心配無用とのことです」

「アレがそう言うのであれば、滞りはないのだろう。詳しく話せ」

「ええ、詳細は今から話します。しかし、時間がありません。ことは大げさになりますが、聞いた後には迅速な決断と行動を願いますよ」

そうして俺は本日一番のため息をついた。

「是非もなし……か」

「と、おっしゃいますと？」

「いや、詳細は道すがら聞くことにしよう。爺っ！　敵は神聖皇国にあるぞ！　即時に全軍に触れを出せっ！」

俺の言葉を聞き終える前に、既に爺は入り口へと向かって走っていた。

法王からの使いの関係で、精鋭は既に集結させているし出立までに半日というところか。

「……ここまでの即断とは思いませんでした」

「何を言っている？　貴様はリュート＝マクレーンの使いなのだろう？　ならば俺は判断に迷うことは何もない。是非などあろうはずがないのだ」

正直、こんなセリフを真顔で吐いたことに、自分で自分に呆れている。

そんな俺の呆れ笑いを見て、やはりグランドギルドマスターも呆れ笑いを浮かべた。

「しかし、あの人も無駄に人望がありますね」

「ああ、悔しいことに俺は男としてアレに惚れているようだからな。男が男に惚れる——まあ、それもまた是非もなしよ」

サイド：マーリン

湿地帯。

いや、ここまでくるともう沼地じゃな。しかも、徒歩じゃ。足元ドロドロじゃ。

不器用がゆえに飛翔魔法なぞワシは使えんと言うに、本当に無茶なことばかりをさせよる。

そもそも、広範囲殲滅爆発魔法特化のワシをして、何故に単独行動をさせるのじゃ。

まあ、虐殺鬼《ぎゃくさつき》とワシは相性悪いから仕方ないんじゃけどな。

「と、それはともかく、既に狩った最終進化個体の総数は七というところか」

今回の大厄災における最大戦闘地域となるここは、リュートとワシが二手に分かれて完封するという手筈になっておる。

リリスとコーデリア嬢が予想以上の仕上がりで、小規模な戦地を速攻で鎮めたとのことじゃ。

そして、そのままここに向かっておるので本来はワシが出る必要もないのじゃろう。

「とはいえ、ワシだけが楽をするのもな」

「さて……」とばかりに、沼地を見渡しワシはクスリと笑った。

「じゃが、流石は人工的大厄災じゃ。希少種のオンパレードじゃな」

先ほど葬り去った死体に視線を送る。

――ヨルムンガンド。

――不死王《ノーライフキング》。

――エビルガルーダ。

これらはアルティメットゴブリンのような最強クラスの魔物ではない。

じゃが、それでもそれぞれの種族の進化の到達点となる。

と、そこで――ワシは明確な殺意と敵意を放つ強者の気配を感じた。

「この気配……アルティメットゴブリン以上の魔物かえ？　じゃが、ゴブリン以上とはどのような進化を？　システム上そんなモノがおるとは――なっ⁉」

「はは、ははははっ！　進化……進化かっ！　確かにそれは言い得て妙だぜっ！」

現れた男を見て、ワシは驚きのあまりに大口を開いてしまった。

「何故……？　何故なのじゃ？」

「まあ、ある意味では俺様ちゃんは、人間という個体――その進化到達点の一つと言ってもいいだろうな」

ワシの問いかけには答えず、劉海はただ殺気のみをこちらに向けておる。

何百、あるいは千年以上ぶりに受ける、ワシと同格以上の強者の殺気。

全身が粟立ち、背中に冷や汗が走り、危険を訴える本能で頭がチリチリと痛む。

「劉海？　敢えて聞くが、その殺気は魔物ではなくワシに向けているということで良いのじゃな？」

「ああ、それでいいぜ」

「しかし、まさかお主がモーゼズにつくとはな」

目と目が合って、劉海の表情をしかと確認して、ワシは何故にこうなったかを理解した。

「いや、そもそもの話として、お主が今までワシや龍王と共に道を歩んできたことが奇跡……か」

「光栄に思えよ？　一番最初はテメエだ。決着は——最初につけておかなきゃならねえと思っていたからな」

「その後はリュートと龍王かえ？」

「だろうな。古い馴染みってのは話が早くて本当に助かるぜ」

ああ、そうじゃ。こうなってしまえば、むしろ今までの方が違和感を覚えるほどじゃ。

——強者のみを求める、修羅道を歩みし羅刹。

何故なら、こやつは昔からそういう奴じゃったのだから。

「さあマーリン？　始めようか？」

そして、劉海は拳をボキボキと鳴らしながらそう言ったのじゃった。

サイド：モーゼズ

沼地にそびえる大木の樹上。

劉海とマーリンの戦いの狼煙となる大爆発を見て、モーゼズはため息をついた。

「しかし、本当にどなたもこなたも予定通りに動いてくれます」

「モーゼズにゃん？　転生者のかつての首領も言っていたけどにゃ……？」

猫の獣人――シャーロットは楽し気に笑う。

「何でしょうか？」

「あまり舐めるなということだにゃ。ひょっとしたら連中は連中で何らかの策でカウンターを狙っているかもしれないにゃん」

「ふむ――まあ、確かに侮れないかもしれませんね。けれど、連中が何かを企んでいたとして、それでも私には切り札があと三つあります」

「モーゼズにゃんの人生は転生してここで生まれた時から、この時のためだけに生きてきたようなものだにゃん、十重二十重の鉄壁の準備なのは認めるけどにゃ」

「いいえ、違います」

「違う？　何がだにゃ？」

「転生する直前から準備は始まっていたのですよ。私の転生者スキルの二つとは、それすなわち洗脳《ブレインジャック》と憑依《テイクオーバー》。生涯で一度しか使えぬという制約の代わりに、絶大な力を発揮します」

「まあ、人魔皇を洗脳した時点で、勝負は決したようなもんだからにゃ」

「しかし、本当にケッサクですね。劉海しかり、馬鹿どもが自らを鍛え上げて勝手に力を私に与えてくれるというのですから」

「本当に劉海を切り崩せた時はビックリしたにゃ」

「元々、アレは強者と戦うことが至上命令ですからね。不可能ではないことは最初から分かっていましたよ」

「龍王達と共に道を歩んでいたのも、システムの許される範囲で人口を最大限に保ち、強者の生まれる確率を上昇させるというものだったからにゃ」

　そこでモーゼズはニヤリと笑った。

「いつのまにか龍王やマーリンとはズルズルと仲良しクラブになっていたのでしょうが、リュートさんや自らが育て上げたコーデリアさんを見て、昔の感情に心が強く疼《うず》いたのでしょう」

「そうして、そこまでくると後は簡単……『本当に戦いたい相手は誰だ？』と背中を押してあげるだけだったにゃん」

「ともかく、感謝しますよシャーロット。これで真なる魔人が完成する布石は打てました」

「しかし、本当に行くのかにゃ？」

「コーデリアさんの中のアレと、私の闇の属性は相性がいい。激戦の最中であれば気づかれることはありません」

「それに……」とモーゼズは笑った。

「ストーキングというのも楽しいでしょう？　一度やってみたかったんですよね。中に入ってしまえば、後は頃合いを待つだけです」

「ストーキング……本当に呆れるにゃ……」

「ああ、君は帰っていいですよ。アレの最終調整もお願いします」

「アレとは？　外なる神のことかにゃ？　あるいは方舟の？」

「両方ですよ」

そして、モーゼズは眼鏡の腹を人差し指で押し上げて、そのまま樹木から飛び降りた。

サイド：マークス枢機卿

野戦用の天幕の中には臭い消しの香の煙が充満している。

広大な湿地帯――それでも消えぬ泥沼のヘドロ臭にうんざりしながら俺はこう呟いた。

「しかし、本当にツイてねえなこりゃ」

神聖皇国からの軍事顧問として教会ナンバー7の俺が放り込まれたが、戦線は最悪の一言だ。

と、言うかアルベール王と他の三剣と同じく、俺もまた厄介払い……クソ、何が悲しくて死地に放り込まれねばならんのだ。

――まあ、教皇に逆らった俺が悪いんだけどな。

財務顧問として、教皇を含めた上層部の酒池肉林をたしなめた結果がこれだってのは、本当に笑えない。

まあ、将来的に、神聖教会としても、大厄災を鎮めるために全力で戦ったというアリバイが必要ってのは理解できる。

なので、こういう風に左遷気味の幹部である俺と、弱小聖騎士団という最低限の人員がここに送られているって寸法だな。

後々に神聖教会幹部は、この戦いを聖戦と喧伝《けんでん》することは目に見えている。

事実はどうあれ功績を針小棒大にして……あることないことを自らの正当性を主張する材料として利用するんだろうな。

と、それはさておき――

「最終確認だが敵戦力は？」

天幕の中には今四人の男がいる。

まずは千の聖騎士団の精鋭という触れ込みの、弱小兵を率いる神聖教会代表の俺だな。

「アルティメットゴブリンを複数確認しました。最低でもその数は三体」

そう応じたのは世界連合の軍事顧問。

率いている連中にSランク級は一人もいないし、恐らくはこいつも左遷された人間のはずだ。

世界連合と神聖皇国はツーカーなので、志を共にする……まあそういうことなのだろう。

「鬼神の群れを確認。複数体という規模ではなく――これは群れだ」

と、言ったのは辺境連合にも世界連合にも属しない、特殊文化圏：東方を取り仕切る大元帥《だいげんすい》。

これまた戦力は千で、やはり弱兵のみ。

ったく、どこも考えていることは一緒ってことか。本当に人間ってのは業が深いな。

しかし力を温存したとして、東方にどこまでできるかは分からん。

だが、大厄災後の世界で神神聖教会に対する、最大限の嫌がらせは期待したいところだ。

「で、敵の戦力的には大厄災の中心は間違いなくここだ」

最後に冒険者ギルドを取り仕切るグランドギルドマスターの代理である謎の少年。

戦力的な意味ではこいつらが一番酷い。

って言うか、後の世界での来《きた》るべき大混乱や人間同士の醜い争いに備えていることを、ギルドは隠す気すらサラサラないようだ。

この少年の率いる戦力は猛者揃いのギルド員という触れ込みだが、十数人の人員しか連れてきていない。

一瞬だけ本当にAランク級かSランク級の連中ばかりなのかもと期待したが、荷物持ちと雑用係と、あとはちんちくりんな小娘とオッサンと小汚いジジイだ。

いや、強者を連れてこいとまでは言わんが、せめて数だけでもそれっぽくは揃えろよ。

「みんなそんな辛気臭い顔をすんなよ。これが貧乏くじだって決まった訳じゃねえ」

ハハハと笑顔を浮かべる謎の少年。

と、そこで東方の大元帥が口を開いた。

「それに虐殺鬼の存在も確認されている」

「虐殺鬼?」

俺の言葉にうん、と大元帥は頷いた。

「東方で有名な武人だ。二千年前に吸血鬼の眷属《けんぞく》となり寿命を延ばして以来――戦場を渡り歩き自らを鍛え上げているという生ける伝説だ。その力量は一人大厄災と呼ばれるほどで……いかなる軍も彼奴《きゃつ》一人に壊滅させられている有様だ。その力量を正確に推しはかることすらできぬ」

と、そこで少年はニヤリと笑った。

「ってことで聞いてるか? やはりここが大厄災の大本命だ。俺を派遣しておいて正解だったな。コーデリアやリリスが単独で虐殺鬼と出くわすと分が悪そうだし」

「何を言っているのだ貴様は?」

「あ、俺のことはほっといてくれ。こっちの話だから」

「通信術式なのは分かる。しかし、相手はグランドギルドマスターではないのか?」

「聞いてなかったのか？　この会議については俺達独自のルートで知らせるべき人間にも、通信術式で同席させるってことになってんだろ？」

そこで俺は立ち上がり、少年の胸倉を掴んだ。

「人類の存亡がかかった戦闘前の重大会議だぞ？　それをどこの馬の骨ともしれん者に流しているだと？　自分が何をしているのか分かっているのか？」

「ったく、グラマスのオッサン……どんだけ使えねえんだよ。話は通してたんじゃなかったのかよ」

そうして少年は懐から水晶玉を取り出した。

「今、俺が誰と通信しているのかを教えればいいのか？」

「それは最低条件だ。スパイの可能性もあるし、場合によってはこの場で貴様を処断することになるぞ」

机に置かれた水晶玉から光が溢れ、その中に像が結ばれ始めた。

ザザザっとノイズが走った後、ゆっくりと水晶玉の中に顔が浮かんでくる。

遠隔地同士での会議などでは割とポピュラーな手法で、まあ、水晶玉を通して顔と顔を合わせながら話をするという奴だな。

「な……何と言うことだ……ご無沙汰しております」

水晶玉の相手に、東方の大元帥がその場で跪いた。

「なるほど。この少年と、そのお付きの実力は見た目通りではない……ということか」

世界連合の軍事顧問は、驚愕の表情で肩をすくめた。

「龍王……だと？　少年、貴様は一体何者なんだ？」

そうして少年は不敵に笑ってこう言った。

「リュート＝マクレーン――村人だ」

★

「ははははーっ！　オーガエンペラーっ！　回復なんてさせねえからなっ！」

「コハルっ！　前に出過ぎるなっ！」

「やかましいロートルっ！　テメエはジジイのお守りをやってろっ！」

「今日も雷様《カミナリ》は絶好調みたいじゃのうー。しかし、ロートル連中の言うことは聞いといたほうが良いぞ。おぬしは攻撃一辺倒で防御は未熟――ほい、世界樹福音《プロテクション》！」

沼地に絶え間なく轟く雷撃。

オーガエンペラーの群れが、まるでベテラン冒険者がゴブリンの巣穴を行くかのように瞬く間に蹂躙されていく。

「相手はSランク級の魔物だぞ？　何なのだこの連中は……？」

信じられない光景を目の当たりにして、俺は思わずそう声を漏らしてしまった。

「三食昼寝付きで無理のない適切な訓練をしてれば、まあ、誰でもこの程度のことができるさ」

ははっと笑いながら少年がそう言った。

と、そこで周囲のオーガエンペラーを一掃した三人が戻ってきて、開口一番こう言った。

「リュートさんっ⁉　今、適切な訓練って言いましたっ⁉　無理のないってところには、大きな大きな見解の相違があるんですがねっ⁉」

「ははは一っ！　昼寝付きって言うか、昼寝程度の仮眠しか一年間させてもらってないがなっ！」

「安全マージン無しのいつ死んでもおかしくないような無茶なレベリング。そして死と隣り合わせの強化法の数々……まあ、ある意味では適切なのかもしれんが……」

「まあそう言うなよ。俺の時よりかは大分マシだったはずだ」


「「アンタと一緒にしないで欲しいっ！」」


口の悪い巫女。

ロートルの戦士。

エルフの導師。

何なんだこいつらは……？

と、思っているところで、口の悪い巫女が周囲を見渡して肩をすくめた。

「はは、どうやら連中はビビリと見えるなっ！　一人じゃウチ等にブルって会えないってなもんで、鬼神さん達が団体さんでのお出ましってところだぜ！」

「ほほほ。なるほど……禍々《まがまが》しい気《オド》じゃ。流石に神の名を冠してはおらんな」

「さて、どうしやすかリュートさん？」

気が付けば周囲には目視できる限りで十体の鬼神が立っていた。

これだけで国一つが呑まれそうな戦力である。身の毛のよだつような圧倒的恐怖に俺はその場で立ちすくんだ。

「一人一体だな。お前らで三体の相手をしろ」

しかし、驚くべきことに、涼し気な表情で少年はそう言い放ったのだ。

「リュートさん？　残りの鬼神はどうするんでやすか？」

そうして少年は剣を抜き、鬼神に向けて剣を正中線上に構える。

「――俺がやる」

言葉を聞いて、俺は少年の肩を掴んで大声で叫んだ。

「いや、待てっ！」

「どうしたんだ？」

「相手は鬼神十体だぞ？　君達が規格外なのは十分に分かったっ！」

「分かったんだったら俺達に任せとけ」

「いくら何でも無茶が過ぎるっ！　こちらにも戦力はあるんだ。みんなで協力すればこちらの被害は最小限に収まるはずだっ！」

俺の言葉に少年は肩をすくめてこう言い放った。

「通常戦力は役に立たない。ここから先の領域は人間を辞めちまった連中の領域だ。人の身のままで土足で足を踏み入れると……ケガするぜ？」

★

——そうして数分後。

「もう無茶苦茶だな……君達は」

十体の鬼神の首の全てが、胴体から切断されて地面に転がっていた。

無傷のままで息を切らしもせずに、いや、息を切らしていないのは一人だけで、残りはかなり疲れた感じはあるな。

しかし、あの少年は何者なんだ。

七体という鬼神の戦力の全てを一刀の下に斬り捨てたというのに、一切の呼吸の乱れも見られない。

と、そこで少年はキっと東の方角を見据えた。

「さて、ようやく本命がおいでなすった」

遅れて俺は東の方角を見て——絶句した。

「あ、あ、あ……あれは？」

東方の鎧武者の放つ禍々しい闘気に、私はその場で尻餅をついてしまった。

「――人類の進化形：量産型《オーヴァーズ》。奴らの切り札の一つ……その完成形だ」

「つまりは……」と少年は言葉を続けた。

「魔人のなりそこないだ」

サイド：リュート＝マクレーン

さて、東方の虐殺鬼である。

見た目の姿は鎧武者で、魔物であれ人間であれ、妖刀が吸った命は幾十万と言われている。

元々は遥か昔の勇者であり、彼は刀の道をひたむきに進む求道者だった。

しかし、道を究めるには人の命はあまりにも短い。

だから、彼は自らの力を高めるために禁断の邪法を行使した。

つまりは、吸血鬼に自ら噛まれる事でレッサーヴァンパイアと化したんだ。

そうして永遠の命を手に入れた彼は喜び勇んで、刀の修行に……と、そうは問屋が卸さないってことだな。

今、こいつは邪法の副作用の影響で、永遠の命の代わりに理性を失って、獣以下の知性しかない。

正に本末転倒、それを地で行くような哀れな男だ。

そして、かつての英雄は今では戦場を求めて歩き続け、経験値を回収するだけのマシーンに成り下がった。

龍王達の把握している情報では、さすがに二千年以上も経験値の回収をしているだけあって、単体であればアルティメットゴブリンを圧倒する力を持っているとのこと。

で、そこに目をつけたのがモーゼズ達っていう訳なんだ。

連中は人間を人工進化させて、自らの手で究極の生物を作り出す研究に躍起《やっき》になっている。

人の究極の形にはいくつかあって、その領域に到達した者は魔人と呼ばれる。

俺の場合は陽炎《かげろう》の塔で『神喰らい』という、本来この世界には存在しないスキルを授かったのが原因だ。

そうして、この世界の運営システム管理者の分体である神々を喰らったことで、俺は魔人の領域に辿り着いた。

まあ、そんな感じで、魔人という地点には裏技みたいな――本来システム上ありえない手法でないと到達できない。

アルティメットゴブリンなんかも、本来は自力での進化方法がないため、ある意味バグデータみたいな存在で……人工的強制進化を施さないと到達できない。

まあ、それと魔人とはニュアンスは近いかもしれない。

けれど、システム上唯一、正規の方法で魔人に辿り着くことができる究極の存在がある。

――それが職業：人魔皇。

システム内という縛りがあるから、外なる神よりは力は弱いけれど、かなりの性能をソレと同一にする……まさに究極の生物兵器だ。

俺の魔人の完全上位互換って感じの性能のはずで、一番厄介なのは絶対防御だろうな。

それは外なる神と同じく、物理障壁、魔法障壁、物理と魔法の混合障壁という三種構造の絶対障壁を持ち、この世のいかなる刃も魔法も通さない。

まあ、一言で言うとぶっ壊れキャラだな。

と、それはさておき。

魔人が人類の最終究極到達地点の一歩手前であり、これが今の俺だ。

で、更に魔人を進化させたものが人魔皇と呼ばれる状態で、これが人間の完成形となる訳だ。

そんでもって、俺達が目の前にしている鎧武者。

これには、人工進化が施されているのは間違いない。

モーゼズ達が作り上げた量産型勇者の素材は、犯罪者ギルドやら貧民街から攫《さら》って来たような者達ばかりとなっているはずだ。

つまり、連中が所有している転生者以外の個体戦力として、俺の眼前の鎧武者は最強であると断じても良いだろう。

「ってことで、まずは小手調べだな」

悠然《ゆうぜん》と沼地を歩いてくる鎧武者に向けて、こちらもまた余裕をもって優雅に跳躍。

そして、大上段から渾身の力でエクスカリバーを振り下ろす。

――ガキっ！

空中で剣と刀が交差し、鈍い音が鳴った。

着地と同時に、返す刀が飛んでくる。速いな……と思いながら、宙返りでアクロバティックに刀を避けた。

「痛……っ！」

ちっ、見切りを数ミリ失敗してしまった。薄皮を切られたか。

まあ、流石にこのレベルになってくるとワンパンってのは無理がある。

「だが、対処は可能だ」

さすがに量産型《オーヴァーズ》の最強個体程度にやられていると、戦力的な意味でここで詰みだ。

さて、本格的に始めるかと思ったところで、俺は異変に気付いて後方へ跳んで距離を取った。

「……面倒だな」

俺の索敵スキルのレーダーに、あまりよろしくない連中が引っかかった。

五体の強者の反応で、内訳は三体についてはアルティメットゴブリン。

ゴブリンを含めて全部を相手にしろと言われると……いや、それもできないことはないんだ。

ただし、それは相手が全部俺だけを標的にしてくれるという場合だな。

俺に敵わないと判断した場合、アルティメットゴブリンは逃走を選ぶだろう。その場合は、ここにいる人間――逃走経路上にいる連中に被害が出る可能性が高い。

三枝達以外は完全に足手まといだから、いいように蹂躙されるだろう。

「仕方ねーな」

ってことで、俺は新規で現れた残りのお二人さんに声をかけた。

「で、どっちがお好みだコーデリア?」

「強い方……かな?」

ニヤリと笑ったコーデリア。

「で、お前はどっちがお好みだリリス?」

「……私もまた強い方を望もう。今の自分を試したい」

「オーケーだ。なら、お前ら二人で鎧武者にあたれ」

俺は二人に背を向けて手を振りながら、アルティメットゴブリンの方に向かった。

「危なくなってもすぐには助けに入れないぞ? アルティメットゴブリン三体は俺でも時間がちょっとはかかる」

「危なくなんないように、こちとら一年も血反吐を吐いてきたのよ。だから、大丈夫」

そうして俺は苦笑いと共にこう言った。

「まあ、お手並み拝見といこうか」

サイド：コーデリア＝オールストン

彼我の距離差は十メートル。

開幕当初からバーサーカーモードを起動。

流石に、このレベル相手に舐めてかかると一瞬で首を飛ばされるだろう。

互いに鞘に得物を収めたままで向き合う。

私は足に力を込めて、水平に跳躍——間合いを一気に詰める。

そして、互いの間合いに入った瞬間に、互いに抜剣と抜刀。

——甲高い金属音と共に空中で火花が散る。

私はバックステップで距離を取り、しびれる掌の感覚を確かめる。

しかし、流石は伝説の虐殺鬼ね。

たった一合で、体全体を吹き飛ばされそうになった。まったく、本当にとんでもない化け物だわ。

けれど……と、私の頬が緩んだ。

大上段に剣を構えて、そのまま斬り込む。

上段打ち下ろしから始まり、下段からの切り上げ、そして相手の反撃の突きを躱《かわ》して——袈裟斬り。

――良し、イケる！　戦える！

虐殺鬼の蹴りを躱しながら、確信する。

パワーは互角で、スピードは私のほうが遥かに速い。

相手の一撃の間に私は二手を打てるような形で、虐殺鬼は防戦一方だ。

と、そこで虐殺鬼は刀を右手で持ち、左手で腰の脇差を抜いた。

「……二刀？」

そこから始まる、虐殺鬼の怒涛の連撃。

まるで別の生き物のように、右手と左手が別々に動いて攻撃が飛んでくる。

これで、私のスピードの利点も殺され、手数は一緒になった。

さて、どうするか……。

と、そこで私はチイっと舌打ちをした。と、言うのも――

「……四刀？」

虐殺鬼の両肩からそれぞれ腕が生えてきて、背中に差していた刀を引き抜いた。

背中の刀は刃こぼれに備えての予備と思っていたけど、ガッチガチに通常装備だったみたい。

「これは良くないわね」

で、リリスの方に視線をやろうとして――止めた。

ここであの女に助けを求めたら、あとで何を言われるか分からない。

それに、そもそもここで私の底を見せれば、リュートはまた私を《守るべき対象》だと思ってしまうだろう。

だから、それはダメ。

けど本当に何なのコイツ？　避けるのが精いっぱいで反撃もできないっ！

阿修羅の如き手数の猛攻に、受ける、避ける、避けるの動作をどうにかこうにか繰り返しているけれど――このままではすぐに剣閃に捕まってしまうだろう。

と、そこで頭の中で声が響いた。


――ねえ、コーデリア＝オールストン？

――力が欲しい？


また、この声？

この前までバーサーカーモードの上位進化スキルだと思っていたんだけど、でも、これはやっぱりそれとは違うんだと思う。

何故なら、今、私はバーサーカーモードは普通に使えているし、同一スキルの進化したものなら同時使用はできないはずだ。

それに、頭がぼんやりとして、力だけが溢れてきて、無意識で体が動いているようで、何だか私が私じゃないような……。

そもそも、バーサーカーモードは生存本能に従い魔力を暴走させるという、内なる力を解放する術だ。

それは、あくまでも私の力の解放なんだけど、これは――声が他のどこかから私に力を届けてくれるような――そんな気がする。

「力なら間に合っている。本当に危なくなったら求めるかもね」

うん、この声に身をゆだねるのは危険だ。それは間違いない。

――あら、それは残念。じゃあ今日のサービスはここまで。

そして、また、この視点だ。

通常の両目と共に、俯瞰《ふかん》した場所からの第三、第四の目のような、空中からの視点が頭に広がる。

そうして、視点が増えた影響か、相手の攻撃が妙に緩慢に見えるようになった。

これなら問題なく虐殺鬼に対処できる。

でも、この力って一体……何？

――力が欲しいという声に、私が応じればどうなるの？

と、そこで私は虐殺鬼の繰り出した刀を、体を翻《ひるがえ》して避ける。

そして剣を振り上げ、首を左右に振った。

「ともかく、勝機は逃さないっ！」

言い放つと同時に虐殺鬼の太ももに剣を振り下ろし、血しぶきが舞い――私の頬に血化粧を施した。

サイド：リュート＝マクレーン

「すげえなこりゃ」

コーデリアの剣技が……半端じゃない。

「おいおい、竜巻か何かかよ」

さっき、一瞬危なかったが、そこからの動きが見違えた。

常人では目視すらできないような連撃、連撃、更に連撃。

剣風だけで周囲の全てをナマスに刻みそうなほどの勢いだ。

とはいえ、そのコーデリアの剣舞についていってる虐殺鬼も半端じゃねえな。

妖刀と炎の魔剣が無数に金属音と火花を散らせて……夜だったらちょっとしたイルミネーションだぞこれは。

で、その火花の間隙をついて――

「……核熱咆哮《ドラグズ・ニュークリアー》」

リリス……おいおいマジかよ。核攻撃ぶっ放したぞこいつ。

まあ、核爆発って言うか、核熱を利用したレーザー兵器みたいな技なんだがな。虐殺鬼の鎧を貫通して、右肩の一部を吹き飛ばした。

「まあ、向こうは心配無さそうだな」

ってことで、俺の相手はアルティメットゴブリン三体だ。

金色に輝くゴブリンの内の一体が真正面から俺に飛び掛かってくる。

「流石に速い……か」

避けようと思ったんだが、剣で受けざるを得なかった。

とは言っても、背後からの攻撃に対してだがな。

実は三体に見せかけていたゴブリンは四体で、一体が光学迷彩で俺の後ろに隠れていた……というところだ。

もちろん、正面から飛び掛かってきたゴブリンに対しては、ミリ単位での見切りで爪撃を避けて、一刀の下に既に斬り捨てている。

「しかし、ゴブリンの癖に喧嘩上手いなコイツ等」

最初からそうする予定だったのだろうか？

ともかく、俺が背後からのゴブリンの爪撃を剣で受け、鍔迫り合いみたいになってるところに、左右から残りのゴブリンが飛び掛かってきた。

片方は牙。

もう片方は爪での攻撃だ。

「が、俺を相手にするには、もう一ダースは数が足りなかったなっ！」

左から来たゴブリンに裏拳。

「グギャっ！」

右から来たゴブリンには胴への蹴り。

「ブギュっ！」

そして鍔迫り合いになっているゴブリンについては、そのまま爪ごと押し切って一刀両断。

「ジュっ！」

裏拳を喰らわせたゴブリンは、アゴに綺麗に入れたので脳震盪《のうしんとう》になっている。

そして、その状態を俺が見逃すはずもない。

崩れ落ちるゴブリンが膝をついたところで、脳天目掛けて横薙ぎに一閃。

脳漿《のうしょう》を撒き散らしながらゴブリンは絶命した。

続けざま、最後に蹴りで吹き飛ばしたゴブリンの方に向けて、ゆっくりと歩を進める。

「ガっ……ガっ……っ！」

怯えた表情で俺に慈悲を乞うような視線を向けてくるが、俺は化け物相手には甘くない。

見逃して、直後に背後からってのが、ゴブリンの常套手段だしな。

「はい、おしまい」

心臓目掛け、エクスカリバーを突き出す。

バターに熱したナイフを入れるようにするりと剣が入って、抜くと同時に噴水のような血液が周囲を赤く染め上げる。

血脂を拭くために油紙を取り出して、どっこいしょとばかりに俺は岩に腰を落ち着けた。

「二人の方も、もう終わりそうだな」

サイド：リリス

――化け物か。

それが私がコーデリア＝オールストンの剣舞を見た時の第一印象だった。

最初はそれほどでもない風に見えた。

が……途中からのコーデリア＝オールストンは、目で追うのがやっとという風な剣撃を繰り出している。

そして何よりも私の目を引いたのは――

――ヒノカグツチ
魔術的な視点から見ると、あのような武器が存在することはありえない。

神殺しに特化したのがリュートのエクスカリバーなら、あれは……神だけではなく人と魔を狩る煉《れん》獄《ごく》の魔剣。

――鮮血姫《バーサーカー》が持つに、これほどにふさわしいシロモノもないだろう。

そして戦況は、攻防は七対三でコーデリア＝オールストンが優勢に見える。

――このままでは私の出番がない。

そう思った私は慌てて最速で出せる禁術を紡ぎ始めた。

「……核熱咆哮《ドラグズ・ニュークリアー》」

E＝mcの二乗。

存在を熱量へと変換させる禁忌の魔術を発動させる。

リュート曰く、核熱レーザー。

マーリン曰く、龍を穿《うが》つ死閃。

言い方は違えど、それは同じ事象を意味するものだ。

虐殺鬼の鎧を貫通して、右肩の一部を吹き飛ばし、熱線は地平線の彼方へと延びていく。

――轟音。

そうして遠くにキノコ雲が発生した。

「化け物ね。アンタ……人間《ヒューマン》って種族を名乗るの止めた方が良くない？」

「……それはこっちのセリフだ」

そのままコーデリア＝オールストンは、虐殺鬼に対して剣舞のラッシュを繰り出した。

片腕が飛ばされた状態ではまともに対処もできず、少しずつ虐殺鬼はナマスに刻まれていく。

鎧の一部が飛び、肉片が飛び、血が飛ぶ。

「……核熱矢《ニュークリアー・サジタリウス》」

私もまた遠距離から、威力を狭範囲に閉じ込めた核熱の魔法の矢を放つ。

核熱系は周囲を丸ごと吹き飛ばすモノが多く、使い勝手が悪い。

だが、これは低威力ではあるが禁術の中でも扱いやすい。

熱で装甲を溶かす防御不可避の矢……私が重宝している魔法の一つだ。

ズドドドドっ。

無数の矢が虐殺鬼に突き刺さり、そこでコーデリア＝オールストンがヒノカグツチを一閃。

虐殺鬼の首が飛んだところで、どうやらリュートもアルティメットゴブリンを殲滅したようだ。

「上出来だ。リリスは大体どんな仕上がりかは分かってたが、コーデリアがここまでモノになるなんて想像もしてなかった」

そうしてリュートは、ちょっとだけ引き気味の表情でこう言った。

「――まあ、お前ら……人間を完全に辞めちまったんだな」

「アンタにだけは言われたくないっ！」「……リュートにそれは言われたくない」

ほぼ同時に入ったツッコミにリュートはクスリと笑った。

ともかく、これで同時勃発していた人工的大厄災は収束させることができたのだ。

と、三枝達も含めて全員の空気が弛緩《しかん》したその時――

「お見事だ。俺様ちゃんを相手にするに不足はねえみたいだな」

上空から地面に影が落ちる。

空を見上げると、そこにはピンク髪のポニーテイルが、急降下の風圧で髪をなびかせている姿があった。

――ドシーィンっ！

よほどの高距離からの着地だったのか、けたたましい音が沼地に響き渡る。

「劉……海？」

リュート、コーデリア、そして私。

三人の全員が絶句していた。と、言うのも仙人が背負っているのは――

「……嘘だ」

意図せず、私の口から言葉が勝手に漏れていく。

「……この人はこんなところで死ぬ人ではない」

一年の間、私を厳しくも優しく指導してくれた変わり者。この人の力は、私が一番良く知っている。

「……最強の魔術師……魔界の禁術使いは大厄災などでは……こんなところでは死ぬはずがない」

そこで仙人はヒュウと口笛を吹いた。

「その通りだ。こいつは大厄災では死んじゃいねえ」

「……じゃあ、どうして？　この人が死ぬなど考えられない。ありえない。理解できない」

「俺様ちゃんがやった。それなら理解できんだろ？」

全員に衝撃が走り、私はただ首を左右に振った。

「……いや、しかし」

「なあリリスよ、おかしいと思うか？」

「……仲間同士で争う理由など理解できるはずもない」

「俺様ちゃんが仙人をやってる理由はな、テメエ等がさっき倒した虐殺鬼と同じだよ」

「……？」

「男なら誰でも地上最強を夢見るもんだ。そして、俺様ちゃんにはガッツも才能もあった。元々の体を脱ぎ捨てて、寿命を延ばして武の頂を目指して、ただ一直線にな。で、そこの哀れな虐殺鬼は寿命を延ばしそこで理性を失い、俺様ちゃんはそのまま最強の道を歩み続けた」

「……だから、それが何故に仲間殺しにつながる？」

「古今東西三千世界に我に比類すべき者なし。そう思っていた時期が俺様ちゃんにもあった。しかし、どうやら実は——人魔皇やら外なる神やら、俺様ちゃんの知らない更に上の世界もあるらしい。そこに到達するには、同格の相手と全力で戦って自分を磨く必要があるって訳だ。そして、ここに来て嬉しいことに俺様ちゃんの眼鏡にかなう美味しそうな奴が出てきた」

「……つまり？」

そうして劉海はリュートを睨みつけた。

「——美味しそうってのはテメエのことだよリュート。こうでもしないとテメエは俺様ちゃんと戦ってくれねーだろ？」

と、そこで私の肩をポンと叩き、リュートが一歩前に踏み出した。

「なるほどな。分かったよ劉海……そんなくだらねえことでマーリンを殺したんなら、俺がキッチリとお前にマーリンの後を追わせてやる」

そうして、リュートは静かな怒りの青い炎を瞳に抱き、仙人に向けて剣を構えた。

サイド：リュート＝マクレーン

「ほう、いきなり黒目か？」

ドス黒いオーラに身を包み、黒き翼を背負う俺を見て、劉海はヒュウと口笛を吹いた。

「ああ、相手はお前だからな。魔人化しないと下手をせんでも負ける」

何しろ千年以上の時を経て、闘仙術を極限まで磨いた近接戦闘最強の男だ。

手加減していたら一瞬で食われちまうのは道理。だがしかし――

「なあ劉海？　俺の魔人化の意味を知らないお前でもないだろう？」

「ああ、『神喰らい』とかいうスキルで管理者の手先の力を食いまくったんだよな？　まあ、テメエがバグみたいな存在――システムの想定外の存在になっちまってるのは知ってるよ」

「この力に可能性を感じたからこそ、俺達は旧世界の人間が定めた道理に抗うと決めたんだろう？」

と、そこで劉海は首を左右に振った。

これ以上は裏切りについての問答はするつもりはないということだろう。

「なら、これ以上は尋ねない。だが、お前は俺に勝てるつもりなのか？　魔人化した俺相手に戦えると本気で思ってやがんのか？」

「ああ、戦えるぜ？　勝機も十分にある」

そうして、劉海はニヤリと笑った。

「正確には数秒しのげば……いや、一発入れれば俺様ちゃんの勝ちだ」

「一発入れれば勝ちだと？　実力差は明白なはずだ。それが分からんお前ではないよな？」

「ああ、そうだろうな――もしも、テメエの魔人化形態が人型のそのサイズじゃなかったらなっ！」

劉海は咆哮し、真正面から俺に殴りかかってきた。

まずは虎爪で目つぶし……だが、俺の方が速い。

首を軽く動かして避けたところで、下段を薙ぎ払うような足払いが飛んできた。躱したところで、金的《きんてき》。

目つぶしに金的か。

本当に容赦なく殺しにきてやがるな、と思ったところで鳩尾《みぞおち》に右ストレートを喰らった。

「ゴフっ……！」

まともに喰らったが、これは半ばワザとだ。

そもそも、魔人化した俺の一番の特色は異常な回復能力となる。

たとえ千発の直撃を受けても、リリスやマーリンの超極大魔法ならいざしらず、打撃ではダメージになりえない。

だから、ワザと攻撃を受けて――俺を殴ってきた腕を掴んで、ドデカいカウンターを決めてやるって寸法だ。

「なあリュート？　俺様ちゃんの攻撃だったら、たとええ千発受けてもダメージにならねえと思ってんだろ？」

「ああ、そうだな。代わりに俺がお前にしんどい一発を入れてやるよ」

俺の言葉を受け、劉海はクスリと笑った。

「俺様ちゃんはテメエ等に力の全てを見せちゃいない。マーリンを倒した俺様ちゃんが無傷なことに疑問を抱くべきだったな」

と、俺は背後から三つの衝撃を感じた。

「――なっ⁉」

背後を振り向くと、そこでは三体の劉海が次弾の打撃に移行すべく振りかぶっていた。

と、先ほど、最初に劉海から一撃を入れられた箇所から光の糸が伸びて、俺の両手足に幾重にもまとわりつく。

そして、俺にまとわりついた光の糸は劉海の両手へと伸びていって、それはさながら――

「操り人形？」

不味い、不味い、これは不味い。

本能的に、俺は劉海に捕らえられたことを悟って……絶対的な危機に備えて防御を固めた。

「さすがに勘がいいな？　攻撃を諦めて防御に入ったか。そう、テメエは操り人形の糸に縛られたってことで正解だ。最初の一撃はこの糸をテメエの肉体につなぐためで、その一撃さえ入れれば準備は完了って訳だぜ。無限はもう始まっている」

恐らく、今、俺を囲んでタコ殴りにしている三体の劉海は仙術で生み出した影分身だろう。

これについては、俺も程度の差こそあれ同じことができるから分かる。

しかし、実体を伴った影分身が三体、しかもその力は劉海本体の七割程度はありそうだ。

いや、でも……そんなことはありえるのか？

仙術で影分身を作ることは俺でもできるが、多くの数を作ろうとすればするほど本体よりも力が弱くなる。

それに、力の強い個体であればあるほど、実体を維持できる時間も短くなるはずだ。

無限とか言ってるが、少なくとも、俺には長時間、こんなレベルの影分身を現出させ続けるような芸当はできない。

いや、理論上ありえない。

けれど、それは最強の仙人の技量であれば可能、ゆえに……奥の手ってことか？

と、そう考えている最中も、次から次に攻撃が飛んでくる。

既に総計二ダースは打撃を入れられている。正に、まごうこと無きタコ殴り。

一つ一つの打撃は重くはない、いや、むしろ軽い。

けれど——何だこりゃ？　反撃が一切できねえっ！

攻撃でよろける、あるいは吹き飛ばされる。

その直後に次の攻撃が来て、更によろけて、また直後に……常に、反撃ができない状態・姿勢・体勢から次の攻撃が飛んでくる。

で、その攻撃でまた更に反撃ができない状態・姿勢・体勢に追い込まれて……こりゃあヤベえっ！

マジで一切反撃できねえっ！

これは四体の攻撃が有機的に連携されているってことか？

攻守一体……いや、この連打自体が……反撃不能の連携技？

「なあリュート？　テメエはもう詰んでいる。もう気づいているだろうが、これはそれぞれの攻撃に意味があり、それぞれの攻撃でテメエを誘導し、反撃不能な状況にテメエを追い込み続ける。そして——」

スキができた！

この姿勢からなら反撃はできる——なっ⁉

劉海の本体が優雅に両手につながる糸を繰った。

すると、俺は光の糸に手足を動かされ、そのまま地面に転がって這いつくばった。

「で、連携の隙間で危なくなればマリオネットの糸で転がすって訳だっ！　ハハハー！　本当に仙術はハメ技だZEっ！」

これは不味い。

確かに劉海の攻撃をたとえ千発喰らっても問題ないだろうが……これは本当に不味い。

「要は糸と影分身を複合利用した無限連打――名付けて究極闘仙術：無限舞踏《エンドレス・マリオネット》」

――鳩尾。

――腎臓。

――金的。

――肝臓。

――鼻頭《はながしら》。

――膀胱。

容赦なく、急所に打撃を叩き込まれ続ける。

破損した人体箇所は即時に魔人の力で自動再生していくが……いつ終わるんだこの連打はっ⁉

「ハハハーっ！　打撃一発にかかるコストはＭＰにして１だっ！」

「何だと……？」

「知っての通り、俺様ちゃんのＭＰは約１５６０００！」

無数の打撃の嵐の中で、劉海は心の底から楽し気に俺にこう告げた。

「つまり、残弾は十五万以上――さあ、どうする村人？」

★

「ハハハーっ！　防戦一方みてえだなっ⁉」

楽し気に笑う劉海……だが、隙や油断は欠片《かけら》も見えない。

基本的には技を除けばステータススペックだけで言えば、俺の方が遥かに高い。

初手からハメられて防戦一方だが、まともにやりゃあ俺の方が強いのは間違いない。

元々のステータスに差がある以上、強烈な一撃を入れるだけで、ただその一手で流れは変わる。

――そしてコイツはそれを十分に知っている。

だから、最後まで慢心せずに石橋を叩いて渡りながら、俺に何もさせずに完封するつもりのはずだ。

時間にして二十分――攻撃にして十万発も俺は四体の劉海にタコ殴りにされている。

一発一発は軽い。相当な数を受けても問題ない。

――でも、十万超えれば話は別だ。


流石に魔人の体をもってしてもダメージも蓄積しているし、俺もそろそろヤバいのも間違いない。

「だが、攻略法は見えてきたっ！」

そこで劉海のコメカミがピクリと動く。と、俺は右手を挙げた。

「リリスっ！」

「――委細承知」

流石は長いこと、一緒にやってる相方だ。

俺の考えは何も伝えずとも以心伝心って奴だな。

「なあ、劉海？　これを卑怯だと思うか？」

「いいや、人望――仲間も込みでのテメエの力だろうさ」

「ってことだっ！　ぶちかませリリスっ！」

俺が言葉を言い終える前に、終末の炎が発動した。

「核熱咆哮《ドラグズ・ニュークリアー》！」

局所的な核爆発。

ひたすらに殴られながら、二十分という時間を稼いでいたのは、リリスが周囲に防壁を張るためだ。

今、俺と劉海の周囲は魔術防壁のドームとなっていて、爆発は防壁の中だけで完結する仕組みとなっている。

爆炎が限定空間に閉じ込められるという状況だから、爆発力も高まっているだろう。

そして、俺は魔人だ。

絶対の回復能力があるから、リリスの一撃を受けても問題ない。

「だが、お前はどうかな劉海？」

そうして、俺と劉海が限定的な核の爆炎に包まれる。

——勝った。

勝利を確信して俺は笑ったが、劉海もニヤリと笑った。

「な……っ!?」

「勇者プラカッシュだったか？　そんな三下ができるなら、その完全版を俺様ちゃんができねえ訳がねえ」

「魔力無効……だと？」

「魔捨て、あるいは魔抜けというらしいな」

しかし、俺は未だに打撃を受け続けている。

残り三体の劉海の影分身も、マリオネットの糸も消えてはいない。

魔力無効ならどうしてコイツ本人の術は止まらない？

と、そこまで考えて、俺は自分があまりにも愚かなことに気が付いた。

「魔法ではなく仙術……か」

「その通りっ！」

「ははっ！　無敵の魔人様も、流石に今の直撃を受けては無傷って訳にはいかなかったようだな？」

確かに俺の体は焼け焦げていて、回復も一部追いついていない。

いや、万全の状態ならば瞬時に回復できるだろうが、いくら何でもダメージの蓄積が半端ではない。

「まあ、それならしゃあねえな……っ！」

と、そこで俺は一気に闘気を解放し、その余波で後ろに飛んだ。

途中、それをさせまいと本体からの蹴りが飛んできたが、宙回転できりもみ状に体をひねって避ける。

「――だが、リュートっ！　マリオネットの糸からは逃れられねえっ！」

力ずくで、無理やりに光の糸を引きちぎる。

今までは連打の嵐の中で、一切の反撃もできない状態だった。

だが、連打から一定時間逃れている現況、ただそれだけに全力を込めることができるのであれば、糸からの脱出はさほど難しくない。

「ってことで、脱出だ」

「……ほう？」

驚いた表情で劉海は息をついた。

「さすがに二十分以上も殴られて、リリス以外に解決の糸口が見えねえほどには俺もマヌケじゃねえ」

反撃も回避も不可。

その状態に追い込み続ける形での緻密な連携連打には舌を巻く。

しかも、こちらが反撃の糸口を掴んだ瞬間にマリオネットが発動して、更に反撃不可とさせる……無限のハメ技。

逆に言えばマリオネットの糸がなければ無限は成立しない。

更に言えば、その逆もまた然りで、マリオネットの糸だけでも無限は成立しない。

そもそも、マリオネットの糸だけで敵を完封できるなら、影分身なんか作る必要はないんだ。


——必ず、そこに無限のカラクリは存在している。


だから、俺はこの二十分の間、マリオネットの糸と影分身を観察し続けていた。

「初見殺しのはずだったんだがな?」

「影分身は一定間隔で消えて、そして再構築されている」

「ま、そういうことだ。しかし、本当に初見殺しのはずなのに、テメエには呆れるぜ」

幻影を上手く使ってごまかしているから、確かにこれは初見殺しだろうさ。

「七分間隔なんだろ? お前の敗因は仙術を俺に教えたことだ。影分身やらの幻影術の基本を知っていれば、これだけのレベルの実体を構築し続けることはありえないことは分かる。一度影分身をキャンセルし、その後にもう一度出しなおす必要があるんだろ?」

攻撃を受けている最中、その間隔で、本当に刹那の間だけ本体以外からの攻撃が止まる瞬間がある。

虚実織り交ぜて、恐らくは時折訪れる……七分間隔以外の反撃のチャンスすらも、それを隠す囮《デコイ》。

しかも、幻影も使っていて、無限の連打の中でのほんの刹那のタイミング。

これは初見では見抜けない。

が、タネが割れてしまえば、後は七分の隙間の間隔を待つだけだ。

「しかし、七分間隔――崩壊と構築の刹那のタイミングに、攻撃を受け続けながらも合わせるなんて、分かっててもできやしねえ。まあ、そこはさすがはリュートってところか」

「ともかく、このタイミングなら、脱出はできる。手品のタネは割れた。お前にもう勝ち目はない」

と、その時――リリスの背後に更に劉海が現れた。


――トン。


首筋を手刀で一撃し、リリスはドサリと倒れた。

「影が……増えただと?」

「ああ、四体目の影分身だ。それと魔術師《リリス》は先に取らせて貰った。なあに殺しちゃいねえよ安心しな。ただ、テメエにとっては致命的だがな」

「……ああ、そうだろうよ」

「リリスという演算機能……魔術回路を失ったテメエは魔人の力を長くは維持できない」

「それはお前も同じだろう？　ＭＰが有限である以上、連打の残弾ももうあまりないはずだ」

そこで劉海は不敵に笑みを浮かべる。

「言ったろ？　エンドレスだってな」

そうして劉海は腰を深く落として、大きく息を吸い込んで、そして吐いた。

「仙気……吸収か」

劉海の周囲――大気に溶け込んだ魔力がＭＰに変換されて吸い込まれていく。

「そう、大自然がある限り俺様ちゃんのＭＰは無限ってなもんよっ！」

そのままパチリと劉海は指を鳴らす。

すると、もう一体の影分身が現れた。

「これが俺様ちゃんがこの技を成立させる範囲で使用できる、影分身のマックスの五体だ。これで分身のすげ替えのタイミングを突くスキはねえぞ？　それと、追加の二体の崩壊と再構築のタイミングは先の三体とは違う」

言葉通り、影分身を取り換える際の間隙を突いて連打から脱出することは不可能なように思える。

さきほどは劉海本人も合わせての四体……それでギリギリ連打から逃れることができた。

が、今回は更にプラスで二体だ。

増えた二体が技に不具合の生じる瞬間のみに力を入れて、逃れさせないことに注力すればどうなるかは想像に難くない。

「なるほど、死角なしって奴か」

「ま、数を増やしたから一体につき俺様ちゃんの半分以下に性能が落ちる。一発一発の攻撃威力は激減だが、どの道無限なら同じこと。悪いが無限舞踏《エンドレス・マリオネット》の名前は伊達じゃねえ。さあ、行くぜリュート？」

いくら考えても攻略法が思い浮かばねえ。

この技を回避する条件は最初の一発を避けること。ただそれだけだ。

「勝ち目はちゃんとあるぜ？　拳を一発入れることが発動条件。なら、俺様ちゃんが一発入れる前に倒しちまえばそれでいい！　はははー！　本当に簡単なお話だろっ⁉」

だが、劉海に一撃を入れられる前に、俺が奴を完封できるのか？

――できる訳がねえ。

それほどにこの爺はヤワじゃねえ。

「こりゃあ勝てねえ……」

小さく呟いて、俺は再度――無限舞踏《エンドレス・マリオネット》の波に呑まれたのだった。

★

意識が飛びかけたのは何度目か。

もう、体もフラフラで、立っていることすらほとんど奇跡だ。

確かに、魔人の体の再生力は桁違いだ。

けれど、俺はシステムの範囲から、所詮は半歩飛び出した程度の存在に過ぎないんだ。

ならば、システムに許された範囲内で最大級の近接戦闘力を誇る劉海の攻撃を数万……いや、数十万も喰らえばこうなるのも道理。

と、そこでスコーンっとアゴに綺麗なのを貰っちまった。

俺の体は意思とは無関係に重力加速度に従い、下方に向けて崩れ落ちそうになる。

――このまま寝たら楽なんだろう。色んなことを放り投げちまえば、どれほど楽なんだろうか。

けれど……と思う。

だからこそ、俺達はそこに突破口を見出したはずだ。

逆に言えば、俺がこうなっているということは、完全にシステムの外にあるものでも、俺達でどうにかできるということの証拠。

「だから、こんなところで終わらないいっ！」

足を踏ん張り、最後の気力を振り絞る。

けれど、それで何がどうにかなるでもない。

今までのリピートで、ただただ延々に殴られ続けるだけ。

と、その時――

「リュートっ！」

コーデリアが劉海の影分身に飛び掛かる。

「私達でそれぞれ一体ずつを受け持つんですっ！」

三枝とギルドマスター、そしてエルフの爺さんが……って、おいおいマジかよ。

コーデリアはともかく、三枝達は無理あるだろ。

「おい、マジかよ……って、リリス?」

さきほどまで気絶していたリリスだが、這いつくばっている状態で劉海の影分身の足を掴んでいた。

ともかく、これで影分身の五体を少しの時間止めることができそうだ。

でも、こんなことは焼け石に水だ。コーデリアはともかくとして、リリスは虫の息だし、他の連中にしても実力差がありすぎる。

いや、違う。そうじゃねーな。

数十秒だ。

たった数十秒だけでも時間を稼げりゃそれでいい。全員がそれを分かってるから無茶苦茶してるんだろう。

ああ、分かったよ。覚悟は受け取った。

俺だって、本当の攻略法は分かっていたんだ。

——だから、これは俺の判断ミス。

あくまでも劉海のこの技は一対一の無限連打であり、限定条件下でのみ必殺のデタラメな技だ。

つまりは、今で言うと六体にタコ殴りという状況だからこそ、常に反撃のできない体勢に追い込まれ続ける。

ならば、一対一ではなく、全員で抵抗して時間を稼ぐという方法があるのは当たり前の話だ。

そして、みんなが影分身の動きを止めて、時間を稼いでいるその間に、俺が一気に仕留めてしまう。

それこそが一番成功する可能性の高い方法で、更に言うならこの方法をやるチャンスはいくらもあった。

そう、どうせこれをやるのであれば、最低限、俺が疲弊しきる前、一度脱出したあの時に、これを仕掛けるべきだったんだ。

だけど、俺は気付いていながらも、今の今まで総力戦という手段を取らなかった。

何故なら、劉海の性格上、俺が倒れたとして、無抵抗の弱者は見逃してくれることは分かり切っているからだ。

恐らくは、コーデリアですらも相手にされないだろう。

けれど、こちらから喧嘩を売った場合は話は別だ。

一度戦闘を開始して、戦場に立っちまった以上は、相手が弱者でも……戦場に立った覚悟と責任への返礼として、武人：劉海はとことんまでやるだろう。

だから、最後まで、俺以外に誰も傷つかない方法を、血が流れない方法を模索し続けた。

しかし、この辺りは、ずっと強敵と戦っていなかった……平和ボケのせいなんだろうな。

誰かが傷ついたり、死んだりするという可能性が最初から俺の頭に無かった。

——甘かった。

が、腹は決まった。コイツ等が自分の意志で仕掛けちまった以上は、俺はそれを無駄にはできない。

「おおおおっ！」

全員が覚悟を見せた。俺を信じて死地に身を投じた。

だったら、俺はみんなの思いにこたえなくちゃならない。

大上段からのエクスカリバー打ち下ろしに、劉海は流水の動きで最小限に避けた。

「全員での玉砕覚悟って奴か？」

「ああ、ここで全てを燃やし尽くす――総力戦だっ！」

続けざまに渾身の力を振り絞って剣を切り上げ、劉海は再度最小限の動きで避けようとするが、その頬に血が走った。

元々の地力《じりき》の違いのせいか、連撃には劉海も対処不能のようだ。

「なら、俺様ちゃんも全力で受けてやろうっ！　ここで仕留め切れればテメエの勝ちだっ！」

正中線上に剣を構える俺に、劉海は腰ダメに拳を構える。

――ドンっ！

地面を蹴り、互いに一気に間合いを詰める。

劉海の拳がこちらに迫り、俺は突きで迎撃。

拳を避けて、剣がヌルリと胸に入っていく感触を感じる。

良し、これで勝――

――って、このクソジジイっ！　剣に貫かれながら飛びやがったっ⁉

後方宙がえりの要領で飛び上がり、回転力を利用した爪先蹴りが俺のアゴに伸びてきた。

くっそ……っ！　最後の最後までトリッキーに動いてくれる野郎だなっ！　そして――

――ドサリ。

胸を貫かれて血を吐いた劉海は地面に倒れ、そして俺もまた地面に崩れた。

「はは、驚いたぜ。その傷ついた体で俺様ちゃん相手に相打ちまでもっていくとはな」

「……まあ、結果はお前の完勝だがな」

劉海の胸を貫いた俺の剣は、心臓を僅かに逸れていたようだ。

左肺を潰しただけで、致命傷かもしれないが即死って訳じゃねえ。

で、こっちはダメージの蓄積のせいでもう立ち上がることすらできない。

そして、周囲を見ると、五体の劉海に全員が組み伏せられていた。

こちらに戦闘継続可能な者はゼロで、完膚なきまでの敗北だ。

「いや、俺様ちゃんの負けだ」

「……ハァ?」

そうして、劉海は指をパチリと鳴らして、俺は信じられないとばかりに目を見開いた。

「影分身を……解いた？　それにマリオネットも……？　何故だ？」

「何故とは？　別に何もおかしくねーだろうがよ」

「お前は致命傷を受けているがすぐには死なない。影分身を使ってこのまま俺達を殺すことも……お前ならできたはずだ」

「俺様ちゃんが本気で戦いたかったのはリュート……お前だけだからな。他の奴らは数に入らねえ」

「……どういうことだ？」

「俺様ちゃんが望んだのはリュートとの勝負だ。致命的な傷を受けているのは俺様ちゃんだし、リュートはまだ生きているし時間があればすぐに回復する。これほど分かりやすい勝敗もねーだろ？」

「いや、俺たちは全員でお前に向かった訳だよな？　戦闘継続可能な奴は誰もいないし、ここで叩き込めばすぐに全滅だろ？」

「仲間も含めてリュートの力だろう。俺様ちゃんも影分身を使ってたんだからお互い様だ。で、大将同士で決着ついたんだから……やっぱりそれは俺様ちゃんの負けなんだ」

　と、そこで劉海は満ち足りた表情で笑った。

「さあ、弟子へのプレゼントだ。ありがたく受け取れよな」

　そうして劉海は俺に向けて右手を向けてきた。

「握手しろ……ってか？」

「コーデリアにはヒノカグツチをやったからな。だから、テメエにはこの技をくれてやると言っている」

「技を……くれるだと？」

「無限舞踏《エンドレス・マリオネット》。技の理屈はテメエなら分かるはず。そしてこの技……スキルは習得条件が特殊でな。まあ、究極の闘仙術は師弟の全力の殺し合いの中で受け継がれてきたって訳だ」

「おい、まさか……？」

「テメエには体術と基礎しか教えてねえ。だが、逆に言えばそれだけはキッチリと伝えた。そして、それだけで死合いという条件以外の伝授の前提条件は十分に達成している。お前なら使えるはずだ」

そうして俺は劉海の両肩を両腕でグッと掴んだ。

「まさかお前……そのために？」

「……これは闘仙術を極めた者として、弟子に技を伝授するという責任を果たしただけ……だ。それまでの全部……マーリンのことも……テメエを襲ったことも……俺様ちゃんのワガママってだけの話だ」

「劉海？　お前は一体……？」

「強い奴と戦いたい……ただそれだけ……のことさ。そして、強さを求め続けた……そんな……馬鹿が一人……逝くだけだ……。だから、辛気臭い顔すんな……」

そうして劉海は穏やかに笑い、瞳を閉じた。

「まあ……ともかく……最後の最後……テメエ……みたいな……強者と死合えて……良かった……楽し……かっ……た…………ぜ」

脈を確認し、心音が止まっていることを確認した。

今なら間に合うかも……と、リリスに回復魔法を指示しようと思ったが止めた。

エクスカリバーで切った者の再生は至難の業だ。

それに、武人としてのワガママだけでここまでのことをやった劉海に、情けをかけて助けることは
……このジジイの生きざまに対する冒涜に近いだろう。

と、俺が唇を噛みしめていると、コーデリアが何ともいえない表情でこう言った。

「――結局、悪い人なのかいい人なのか分からない人だったね」

「いや、正直なだけだったんだろ？　嫌いじゃないよ、俺はこういう奴は」

「正直って？」

「強い奴と戦いたいっていう自分の欲求に……な。しかし、置き土産を残していきやがったのは頂けねえ。ったく、最初から嫌われる覚悟なら要らないことはするなよな――」

そうして、俺の口から「馬鹿野郎」という言葉が漏れた。

★

コーデリアには思うところがあったのだろう。

劉海の死体は一人で埋めると言い放ち、墓を作った後は物憂げに手を合わせてその場からしばらく動きそうになかった。

数時間は一人きりにしてほしいとのことで、どうしたもんかと思っていたら、今度は「二人きりで少し話がある」と、マーリンを埋めたリリスが言い出した。

そして、俺達は少し歩き、乾いた場所の切り株に隣り合って腰を落ち着ける。

曇天の空の下、薄暗い森の中でしばしの沈黙の後、リリスは口を開いた。

「……最後に問う。本当にこれでいい？　今ならまだ別の選択肢も取れるはず」

「ああ、これでいいさ」

リリスは物憂げな表情を浮かべ、そしてその目が潤《うる》んで――首を左右に振った。

「貴方はこの戦いが終われば死ぬ」

言葉を受けて、俺は笑いで応じる。

「死にはしないさ。消えるだけだ」

「……世界の強制力。貴方がここにいることはそもそもが不自然。だから、去らないといけないというのは分かる。でも……ナノマシンによる武装を解除するという方法もある」

そうして俺はリリスの肩を抱き寄せて、その頭を撫でてやった。

先ほどまで零《こぼ》れそうだった涙はもうない。

今まで、この話をする度に野暮っぽく瞼が腫れるまで泣いていたことを考えると、コイツも成長したってことだろう。

「リリス……分かっていると思うが、もう決めたことだ」

「……了承した」

俺は立ち上がり、元の場所――コーデリア達の方向に歩き始めた。

「それじゃあ手はず通りに行くぞ」

神々の憂鬱

"I am a villager, what about it?"

Story by Arata Shiraishi, Illustration by Famy Siraso

——その日、空から魔王が降ってきた。

無数の魔王が降ってきた。

Ｅ＝ｍｃの二乗。

それはユダヤの天才が開いた神への道。微小なりし深淵世界を開く、文殊の扉。

核兵器の応酬となった初めての戦争で、その時から世界は確定的に変わった。

各国首脳の頭はブチギレ、使用されてはいけないはずの非人道的兵器の数々がその真価を発揮した。

——戦争という概念と、人という種族の倫理と価値観が変わった瞬間だった。

そして時代が進み、文明が進み、けれど人の本質は変わらずに。

終わらぬ戦争、破壊以外は何も考えない、汚染上等の兵器が実戦に投入されて、環境破壊が進む世界となった。

汚染された大地が散在する世界の中……技術が進み、他恒星系への調査船も次々と飛ばされて、希望もあった。

——人はこの星を乗り捨てて、新天地に移る気だった。最早、戦争云々は関係なく、誰も地球の事など考える者はいなかった。

ただ、その場をやり過ごせれば良いという思想の下で、最後のタガが外れた。

けれど、結局、他恒星系への活路など、乗り移る場所など、どこにもなかった。

そうして残されたのは究極の技術を使用して、騙し騙しにやってきて——致命的なところまで来ていたこの星だけだった。

最後は終末論者が幅を利かせ、とことんまで頭がブチギレた連中は、最悪に笑えない方法で人類と地球の救済を行った。

——そうして、この世界が生まれた。

タガが外れた全てのきっかけは、西暦二〇〇〇年代初頭に各国の頭上——空から降ってきた魔王だ。

だから——終わりの始まりを始めてしまった、あの時代を生きて、そして死んだ俺達がこの世界に集められることになったんだ。

製作者としては、本当は誰でも良かったのかもしれない。

管理された家畜として人類を生かし続けるか、あるいは滅ぼすか。

はたまた、製作者の一部は裏技として反抗の道すらも用意していた。

自分が決めなければ心は痛まない。自分以外の誰かに決めさせれば自分は苦しくない。

そうして、生贄として選ばれたのは、原因を作った時代の一般人。

つまりは、二〇〇〇年代初頭を生き抜いた者達に、道を選ばせるために……俺達は選ばれた。

そして、俺達は役目を終えれば——この世界から消える定めを持っている。


消える理由？


力ある転生者は、世界の進む方向性を選ぶという決定権を持つことになる。

そのために、転生スキルという、チートスキルを選ぶ権利を最初に与えられる。

それで、ここからが一番笑えるんだが——世界の行く末の選択を終えた後、現地のバランスを崩す存在は邪魔なんだとよ。

道を示した後は、あくまでもその後の人類がその道を進むべきで、過去の亡霊はお役御免でサヨウナラって話だ。

本当にどこまでも自分勝手な奴ら……いや、自分勝手——それこそが人間の本質と考えると、それはどこまでも人間らしくはあるんだがな。

サイド：コーデリア＝オールストン

それから一旦、私達は龍族の里に向かった訳なんだけれど……。

「マーリン様と劉海師匠を私達は失った。けれど、大厄災は止めた。状況的には山場は越えたってことでいいの？」

リリスが司書を務めていたという図書館のロビーで、私は安堵の表情と共にそう言った。

ロビーにはリュートとリリスと小春ちゃん、あと、エルフのお爺さんとギルドマスターがいる。

「いや、本番はここからだ」

「どういうこと？」

と、そこで赤髪の男が図書館に入ってきた。

「久しぶりだなリュート」

「おっちゃんは変わらないな。十年近くの付き合いだが、年とらねえのな」

「お前もここに連れてきたときから本当に変わらん。まったくいい加減に口のきき方をだな……」

「固いこと言うなって。逆に俺が敬語とか使い出したら気持ち悪いだろうに」

「まあそれはそうなんだがな」

「で、依頼したモノは？」

赤髪の男は懐に手をやって、リュートに手紙を差し出した。

そうしてリュートは何やら難しい顔をして文面に目を通して、小さく頷いた。

「良し、こっちも想定どおり」

「手紙？　誰からの……？」

リュートはしばし考えて、そうして再度小さく頷いた。

「モーゼズだよ」

その言葉を受けて、私はしばしフリーズした。

「……へ？」

「古風なものだが、決戦の果し状を送ったんだ」

「えと……その……ちょっと意味が分かんないかな？」

「連中としては俺達が横槍を入れてくるのは想定内。俺らとしても連中に横槍を入れるのは想定内だろ？」

「まあ、そりゃあそうよね」

「快諾だったよ。三ヶ月後に正々堂々と勝負するってな。場所はエビナス平原で盛大な殴り合いって話だ」

しばし考えて、私は首を左右に振った。

「モーゼズが約束に従うと思っているの？」

そうしてリュートはニコリと笑った。

「いや、全く思わん。恐らくその前に準備が整い次第に向こうから仕掛けてくるだろうな」

「え？　本当にどういうこと？」

「時間と場所を指定することで、逆に連中を縛ったんだよ。連中としても一ヶ月くらいの時間は必要だろうしな」

「……？」

「奴らの戦力は何だと思うコーデリア？」

「転生者？」

「その通りだ。結局は超越した個人同士の戦いになる。で、連中の最大戦力である転生者……奴らの扱う武器が揃っていない」

「武器って？」

「各国や、あるいは遺跡に厳重に保管されている古代文明の遺産……俺で言うとエクスカリバー、コーデリアでいうとヒノカグツチみたいな物騒な神器を集める時間が必要だ。その手の神器は過去に帰った転生者の掟によって少し前まで……あそこに所属している個人では持てなかったはずなんだよ」

「……なるほど」

「連中としても戦力が揃う前に戦闘ってのも、おかしな話だろ？　で、こっちから逆に時間稼ぎのための助け船を出してやった。約束を反故にして俺達をハメるつもりだろうが……そこも含めて想定内だ」

「……でも、どうしてリュートは相手の内情を筒抜けで知ってるの？」

そこでリュートは拳をギュっと握り締めた。

「死に戻って生まれ変わる前に、モーゼズがクソ野郎ってのは身に染みて分かってるからな……そこの差だ。龍族の里でリリスを助けた直後あたりに、龍王を通じてありとあらゆる方法で奴を監視していたんだ」

「何でもお見通しって訳ね。リュートが味方で良かったたってつくづく思うわ」

「で、俺達としても、それだけ時間を稼げれば十分だ」

「何をするつもりなの？」

「俺達がモーゼズ達とやりあって、そのまま勝っちまったらその場で『外なる神』が結界を乗り越えて介入してくるかもしれん」

「旧文明を破壊した生物兵器って奴よね？」

「ああ、人口調整の管理者としても、今のこの世界に介入していないのはモーゼズのことを知っているからだ。管理者としても人類を抹消するのは本意ではない。だから、今は様子を見ているだけっていう話なんだよな」

「あのさ？　『外なる神』って、リュートや龍王様でもどうにもならないの？」

私の言葉にリュートが答えようとしたところで、赤髪の龍のおじ様が話に割り込んできた。

「話の途中で悪いが、時間がないんじゃないかリュート？」

リュートは大きく頷いた。

「ああ、そうだな。急ごう」

「急ごうって、何をするつもりなの？」

「ん？　話をつけにいくんだ」

「話って誰に？」

リュートは立ち上がり、赤髪の男に視線を向ける。

「ってことで当初の通りだ。おっちゃん」

「ああ、まさか俺達もこうなるとは思わなかったがな」

「すまんが、よろしく頼む。天岩戸《あまのいわと》の伝承ヨロシクって奴だな。古事記の時代から神々ってのは引きこもりが好きみたいでな……」

はてな……？　と、私達が小首を傾げたところで――

「ってことで旅装を整えたらみんなでさっさと行くぞ？　龍王も遅れて現地入りしてくるはずだ」

「だから、行くってどこに？」

「極地の最果てだ。古代文明の壊都：渋谷に……管理者である転生の女神に会いに行く」

サイド：猫の獣人　シャーロット

――あの日。

モーゼズにゃんは私を拾ってくれたにゃ。

糞尿のすえた臭いが満ちる奴隷市場、モーゼズにゃんは私を拾って「やっと会えた。貴女と出会えたことに神に感謝を……」と言ってくれたにゃ。

私はレアな獣人種の末裔だったらしくて、モーゼズにゃんにとっては私はただの実験材料だったかもしれないけれど。

それでも、奴隷商人から虐待を受けていた私を抱きかかえて、嬉しそうに「私には貴女が必要です」と言ってくれたにゃ。

誰からも必要とされず、実の親にも捨てられて、奴隷として生きる道しかなかった私。

そんな私をモーゼズにゃんは笑顔で「必要だ」と言ってくれたにゃ。

そうして進化の秘術を受けた私は世界連合に潜り込んで、転生者の動向を逐一モーゼズにゃんに伝えるという役目を受けたんだにゃ。

必要にされていると、役に立っていると……セピア色だった私の人生に彩りが生まれたにゃ。

——だから、私は身命を賭してもモーゼズにゃんのために動くにゃ。

最後の最後に、全てが終わって「良くやった」と頭を撫でてもらえれば……それでいい。

——方舟
ここは最果ての地の更に果て、古代文明の都にゃ。

かつて、バチカン市国と呼ばれた聖職者の街をそのまま、シェルターと移動させた場所とモーゼズにゃんは言っていたにゃ。

「……『最後の審判』」

礼拝堂。

そこにはミケランジェロという人の天井画があったにゃ。

過去の芸術の保管という意味では、色濃く文化の香りを残すこの街は保存する意味はあったと思うにゃ。

まあ、実際にはここに世界中の権力者を集めて、大厄災を乗り切るために街一つを丸ごと方舟として、旧世界からの選別者を残した……という訳だけどにゃ。

「滞りなく準備は進んでいるにゃ？」

赤羽にゃんに尋ねると、ニコリと笑ってこう言ったにゃ。

「モーゼズ様に心酔して従うなんて、貴女も物好きね。ふふ……気持ち悪い」

「何とでもいうがいいにゃ」

「まあ、報われぬ忠義でしょうけれど。ともかく、調整は万全よ。バチカン宮殿を中心に特殊金属で十キロ四方を囲い、外界と完璧に隔離していますからね。核兵器を前提としたシェルターなので、破壊・破損は気にしなくてもいい。そして広大な地下空間——農園や牧場を始めとして独立した食料自給技術・水系・空気循環すらも持っている。その気になれば何千年でも引きこもれるわ」

「それで、『外なる神』はどうなっているかにゃ？」

「帰り道を塞いだ後、おとなしくしていますわ。元々、アレは殺戮のスイッチが入るまでは、大人しい生き物ですからね」

「しかし、本当に過去の転生者の執念には恐れ入るにゃ」

「最果ての土地の更に果て、本当の意味での人類の生存が許された境界線の更に先……」

「方舟からそこまで地下道を掘り続ける。とんでもないことだにゃ」

「私も驚きましたわ。『外なる神』は地下空間については……向こう側と認識するというのは」

「まあ、一歩こちら側の地上に出ればすぐに『自分が存在してはいけない場所』と認識して、また向こう側に戻るけどにゃ」

「しかし、ここの方舟は……密封空間で完全に外界と隔離されていますわ」

「だから、『外なる神』の認識は……ここは向こう側となるにゃ」

そこで赤羽にゃんは大きく大きく頷いた。

「まあ、だからこそモーゼズ様みたいな……気持ち悪い男に私は従っているのですがね」

「最悪のスキル：憑依だにゃ」

「効果がぶっ壊れてるだけに、ただ一度しか使えませんわ。元の体を脱ぎ捨てて、新しい体へのたった一度のソウルハッキング。そして、ここには最強の肉体である『外なる神』が存在する。その気になれば、この世界で彼は絶対最強の完全無敵……ふふ、本当の本当に気持ち悪い」

「まあ、とにもかくにも、最後の審判の準備は整ったにゃ」

と、そこで赤羽にゃんは私の頭にポンと掌を置いた。

「私、モーゼズ様のことは心の底から気持ち悪いと思っているのだけど、貴女のことは嫌いじゃないわ」

「ん？　突然何の話にゃ？」

「同じ猫ですもの。だから、忠告しておくわ……アレとは距離を置いたほうがいい」

ああ、そういえば赤羽にゃんの転生スキルは猫関係だったか。

「モーゼズにゃんは猫が好きなんじゃないかにゃ？　私を一番の側近として近くに置いているし、面と向かって『気持ち悪い』と言う赤羽にゃんに怒りもしないし」

「だから、アレの側からは離れないと？」

「それに……拾ってくれたからにゃ。あの人のあの時の笑顔は曇っていなかったにゃ。歪んではいるけれど……あの人は悪い人ではないと私は思うにゃ」

「そうだって貴女が信じたいだけじゃないの？　アレについていっても、そこには不幸しかないと思うけれど」

「……モーゼズにゃんが歪んでいるのは認めるけどにゃ」

サイド　コーデリア＝オールストン

龍族の精鋭を合わせて総計十四人。

龍の背に乗り、私達は荒野の空を行く。

リュート、私、リリス、三枝ちゃんにギルドマスター、そしてエルフの老師。

全員が全員、一言で言えば人間を辞めている領域にいる者達だ。

龍族の精鋭にしても、七支族の長ということで、龍化前からSランク級以上の実力者揃いとなっている。あと、リュートと仲が良さそうだった赤髪のおじ様も一緒だね。

人類の勢力圏を抜け、魔族の制する魔界を抜け、最果ての極地にと物凄い速度で下界の景色が流れていく。

かつての生物兵器としての特徴を最も色濃く残す、荒神と呼ばれる究極の魔物が闊歩する荒野を抜け、ただただ東に。

やがて、かつては海であったであろうヒビ割れた——大きな窪地を抜け、椀状の綺麗な山を仰ぐ樹海を抜け、そして——

――壊都。

リュートが昔見つけたという大穴から地下に下りると、そこには一面の灰色が広がっていた。

その昔、私達の世界の帝都や聖都――巨大な建造物を初めて見た時は、田舎者の私なんかはしばらく衝撃のあまりにフリーズしていたものだ。

でも、これは次元が違う。

「何……コレ？」

圧倒的な威圧感と共に、天空を覆いつくさんばかりの巨大な建物。

あまりの光景に私やリリスが立ちすくんでいると――

「超強化セラミックによるビル群ってことみたいだな。数千年、あるいは数万年経過して、外壁のコンクリートは崩れても、土台はノーダメージだ」

そうしてリュートは肩をすくめて苦笑した。

「そりゃあ、こんな技術水準なら、神話を模した生物兵器を遺伝操作で作ったり、ゲームみたいな世界をナノマシンで実現できる訳だな」

「ねえ、リュート？　この光は？　ここって地下だよね？」

「元々、放射能汚染や環境汚染でどうにもならない状態で都市にドーム状に蓋をして、蓋の上に砂や土が積もって……って感じで地上世界ができたらしいからな。光については魔導の産物だと考えたらいい。永久機関ではないにしろ、それに近い何かで照明を実現してんだろうさ」

「ホウシャノウオセン？　カンキョウオセン？　エイキュウキカン？」

「分からんならいい。既に時間もめちゃくちゃ経ってて弱まっているし、そもそもそういう一切合切をどうにかするためのステータスであり、ステータスを実現するためのナノマシンだ」

「分かったような分からないような。ともかく、このとんでもない巨大建造物……これが古代文明ってコト？」

「ああ、多分な」

「多分？」

「はたしてコレが俺の知っている渋谷のなれの果てかどうかは分からねえ。だが、少なくとも看板やらの文字は俺の母国語だ。まあ、漢字や平仮名や文法も変化しちまっているようで、理解できないところもちょいちょいあるがな」

「なるほど……」

リュートはハチ公という像を感慨深げに見た後に、地下の更に地下に潜った。

「地名は変わらねーからな、地下鉄を辿るのが一番早い」

そうして地下に下りて、蜘蛛の巣のようなモノが描かれた図を見て、リュートは「防衛省の市ヶ谷駐屯地か……。まあ、それっぽいっちゃあそれっぽいか。いや、多分……本当にそういうことなんだろうな」と、何とも言えない表情を作っていた。

地下道を少し歩くと、リュートは細い横道にそれていった。

人が四人横に並んで通れるほどの細い道。水たまりが所々見えるジメジメした場所を行くと、突き当りに金属製のドアがあって——

——広い空間だった。

曰く、段ボールという紙の箱が無数に積まれた空間で、リュートはためらわずに……空間の一角へと向かっていった。

「緊急災害用の地下施設ってところだ。前に来た時に驚いたんだが、まさか缶ビールや缶詰が生き残っているとは思わなかった。一体全体、どういう食料保存技術なんだって話だが……」

リュートは私に金属の何かを手渡し、そうして紙の箱ごと龍族に手渡していく。

「おい、リリス？　氷結魔法を応用してビールを冷やしてくれ。最後の晩餐だ。缶詰も生き残っているし……まあ食ってみろ。醤油や味醂や味噌で味付けされたサバ缶は、多分お前らもビックリするぞ」

「ちょっと待ってリュート？　何をするつもりなの？」

「ん？」

と、リュートはニコリと笑って「宴会」と言った。

で、かくして宴会が始まったのだが——

「いやはや、ビールというものは美味いな！　かような酒は飲んだことがないっ！」

「サバノミソニとやらも恐ろしい味だっ！」

「スルメこそが至高だっ！」

龍族のみんなが顔を赤くして、いい感じにできあがっている。

七支族の長である七大龍老と、私達で総勢十四人なんだけど……空き缶の数は百じゃきかないわね。

うん、明らかに飲み過ぎだ。

「リュ、リュ、リュート君……ばたんきゅーなんです……」

との言葉を残して、小春ちゃんが倒れた。

缶詰が東方の料理を思い出すってことで、めちゃくちゃバクバク食べて、グビグビ飲んでたからね。

まあ、あのペースで飲んでればそうなるのは必然だ。

「でも、ちょっとフザけ過ぎじゃない？」

人類の存亡をかけたアレコレ、私達の肩に背負わされた重荷ってとっても重いはず。

だから、私だけはお酒を一切口にしていないんだけどさ。

「……フザけ過ぎだと？　黙れコーデリア＝オールストン」

「いや、リリス？　でもさ、ピクニックに来てる訳じゃないんだよ？」

「……」

私の視線の先では、リュートと龍の七支族の長と赤龍族のおじ様の間での腕相撲大会が始まっていた。

一対一じゃ勝てないってものだから、一対四とか、一対八とか無茶苦茶なことになっている。

で、それでもリュートが勝っちゃうあたりが、それっぽいと言えばそれっぽいんだけどさ。

それで、腕相撲に負けた人は一気飲みみたいなルールで、その度に盛り上がっての馬鹿笑い。

特にリュートと縁の深い、赤龍族のおじ様はこっちの耳が痛くなるほどに馬鹿笑いしている。

話の端々から察するに、赤龍族のおじ様は、いつかこうしてリュートやリリス、そして私も含めてみんなでお酒を飲みたかったみたい。

その表情は、まるで娘が連れてきた婚約者と一緒に杯を交わす父親のような感じかな。

心の底から嬉しくて、けれどどこか寂し気で――。

「ねえリリス？　もっかい言うけど、ピクニックに来てる訳じゃないんだよ？」

そうしてリリスはコメカミに血管を浮かばせてこう言った。

「……だから黙れと言っている。コーデリア＝オールストン」

「いや、でも……」と私が言いかけた時、リリスはピシャリとこう言い放った。

「……明日、イチガヤの施設で私達は女神に謁見する。その際、彼らは龍ではなくなる」

「え……？」

そうしてリリスは肩をすくめながら、やるせない表情でビールを呷った。

「……なあ、コーデリア＝オールストン？　龍族は力を誇りとする。力はその存在意義だと言ってもいい。その力の放棄……強者でいることのできる最後の夜――最後の晩餐の何が悪い？」

――翌日。

地下道を潜り抜けた私達は、再度一面が灰色の壊都に立つことになった。

どこまでも直線なモノは直線で、曲線はどこまでも滑らかな曲線。

歪《いびつ》なモノが何一つない、骨組みだけとなったかつての巨大建築物群に、眩暈《めまい》にも似た何かを感じる。

――そう、何から何までが不自然だ。

そう思ったところで、何故にこれだけの技術を築き上げた者達が滅びたのか、少しだけ理解した。

あまりにも、この世界は歪に過ぎる。

人という種族だけが突出し、恐らくは生命の食物連鎖の輪から外れてこの星に神として君臨した。

けれど、人間はどこまでいっても人間で成長はできない。けれど、彼らは神様の力だけを手にしてしまった。

それはまるで、赤子が剣術、いや、それ以上の度が過ぎた力を手にするに等しい。

そんなことを考えながら、私達は、やはり直線と曲線のみで構成された不気味なまでに均整の取れた道を行く。

と、しばらく歩くと、リュートはとある建物の前で立ち止まった。

「到着したの？」

「ああ、ここが目的の施設だ。防衛省の軍事機密を扱っていた研究所ってとこだろう」

「建物の敷地の周囲を覆っているこの金属の網は？」

「金網のフェンスって奴だ」

フェンスとやらを触ってみる。

ふむ、この細さまで加工することのできる延伸性は……ミスリル？

で、試しに私は剣の柄《つか》に手をかけた。

「試し切りなら止めとけ」

「え？」

「試さんでも、お前のヒノカグツチなら一刀両断は簡単だ。元々、関係者以外を入ってこさせないためのフェンスで、暴徒の突撃を止めるためのものじゃねえしな」

「でも、なんで切っちゃダメなの？」

「腐っても、ここは旧世界の軍事施設だ。さすがに立ち入り禁止のフェンス程度じゃ大丈夫だと思うが、どんなセキュリティがあるか分からん」

「ああ、なるほどね」

と、私はポンと掌を叩いた。

「軽く言ってるけど、外なる神みたいなのが出てくる可能性も余裕であるんだぞ？　そんなのが出てきたら、モーゼズ云々以前に俺達は全滅にされるかもしれん」

うーん。私は現物見たことないから外なる神とか言われても、イマイチ分からないんだけどさ。

「とりあえず、ちゃんとした入り口があるからそこから入るぞ？　中ではまだ、セキュリティも生きてるしな。設備の主……女神に招かれた者以外は中には入れんって寸法だ」

そうしてリュートは私達を率いてしばらく歩き、角を曲がって更に歩く。

「でも、ちゃんとした入り口って？　本当に私達みたいなのを入れてくれるの？　セキュリティも生きてるんでしょ？」

「なあ、コーデリア？　龍族っていうのは何だと思う？」

「何よ突然に？」

「……この世界は十二柱の魔王に守護されている。大厄災を影から操作したり、あるいは直接に手を下したり、古代の遺物を利用する輩を退治したりするのも魔王の役目って奴だ」

「魔王……数百年前から目撃情報はないよね？」

「ぶっ壊れ性能を持つ転生者の中でも、規格外のヤバい奴がかなり狩ったらしいからな。何でも特典スキルの数がとんでも無かったって話だ。他にもこの世界を守護する存在は色々あったんだが、それも長い時間をかけて後続の転生者達が狩っちまったり、無力化しちまったりしたんだ」

「え？　でもそんなこと全然私は知らないよ？　公にされていない特秘事項だったとしても、勇者である私が世界の治安維持に関する事項で知らないことなんてある訳ないよ」

「まあ、要はお前はこの世界の裏の歴史を全く知らんということだ。それで、龍族ってのは端的に言えば――」

「端的に言えば……？」

「魔王と人間との間で生まれた種族だ」

「……どういうこと？」

「本来、龍種っていうのはこの世界で最上位級の存在として作られていたんだ」

「いや、それは今でもそうじゃないの？　龍化すれば手が付けられないし、人間の形態のままでも一騎当千の猛者揃いで……」

そこでリュートは肩をすくめて首を左右に振った。

「本来はそういう次元じゃねえよ。人間と比べてどうこうではなく、十二柱の魔王、文字通りの最上位厄災個体に名を連ねる神と同義の連中だ。それで、かつて風変わりな神龍の娘が人間の男に恋をしたんだ」

「有名な御伽噺《おとぎばなし》だよね。暗黒邪龍と料理人の男の御伽噺。ってか、あの御伽噺ってひょっとして……」

ああ、とリュートは頷いた。

「破壊衝動に取り憑かれた腹ペコの暗黒邪龍を屈服させたのは、力でもなく、正義でもなく、料理と愛情だったっていう話だな」

「そうして魔王との間に生まれたのが……？」

「亜龍……今、ここにいる龍族の祖だ。つまり、龍族の里とは、本来システム上存在しなかった。いや、そもそも存在しえなかったバグのようなものなんだよ」

「なるほどね。でも、龍というのは力に執着する誇り高い種なのよね？　自分自身に嘘を吐くことすら耐えられない、そんな圧倒的な自尊心を持つ彼らが力を失うことを前提で、今日この場にいるの？」

と、そこで私達は金網のフェンスが奥まっているところ……凹地っていうのかな？　まあ、そんな感じのところに差し掛かった。

凹地の両脇には、建物の入り口まで金網の通路が伸びていた。少し進んで、やがて私達は妙にテカテカとした外壁の建物へと突き当たる。

「さて、着いたぞ。それじゃあみんな？　準備はいいか？」

すると、七大龍老は旅装の外套を脱ぎ捨て、続けて上半身の上着と肌着を脱ぎ捨てた。

全員、年老いてはいるけれど筋骨隆々で、一見してツワモノだと分かる。

はたして、今の私でも龍化したこの人達相手であれば、何人まで切り捨てることができるかは分からない。

「ねえリュート？　何をしようとしているの？」

口を開こうとしたところで、リリスが手でリュートを制した。

「……龍のしきたりについては私から話した方がいいと思う。私の義理父《とうさん》は土龍族。そして私も龍の娘として育ったのだから」

リュートは頷き、続く言葉をリリスが言った。

「……いいかコーデリア＝オールストン。龍とは力に固執する誇り高き種族だ」

「うん、それは知っている」

「半分は人間、そして半分はシステムの防衛機能の核である魔王からできている。ゆえに、システムの管理者である女神とのコンタクトの方法も……ないことはない。我々は遥か昔から世界全体に龍族としての政治的不干渉を貫きながら、それでもこの世界の理不尽に対して考察を続けていたのだ。我々は誇り高く、そして力に執着する。どうにもできない理不尽に、ただただ屈して受け入れるような精神構造は誰一人として持ち合わせてはいない」

「黙って為すがままにされていた訳ではないと？」

コクリとリリスは頷いた。

「……伝承にこうある。長い長い時間の果てに、我々は世界の管理者と一つの約束を取りつけた。管理者もまたこの世界の現状を快くは思っていなかった。来るべき時、龍の全てを託す者が現れれば、会談の時を設けようと。そして、それが今となるのだ」

「でも、それってただの伝承なんでしょ？　伝説とか御伽噺の類で私達はこんな場所にいる訳？　それっていくらなんでもバカバカしくない？」

と、そこで私は自分の発言の間抜けさ加減に気付いたが、もう遅い。

リリスに、鼻で笑われてしまった。

「それが口伝である以上、私達にとってはそれは絶対に信用できる事項になる。なぜなら――」

リリスの言葉を掌で制する。

まあ、間抜けさを晒してしまった後でどれほどの効果があるかは分からないが、一応言っておこう。

「そうよね。龍は嘘をつかないから、口伝はすなわち百パーセントと言い換えていい」

「……そういうことだ」

「そうして龍の全てを託す者、それはつまりリュートってコト?」

そこでリュートが掌をパンと叩いた。

「その通りだコーデリア。オーケー、みんな始めてくれ」

リュートの言葉と同時に、七大龍老の体が光に包まれていく。

「でも、一体みんなは何をしているのリュート?」

「武装解除だ」

「武装……解除?」

「この世界の物理現象はステータスに支配される。それは俺達自身や自然界に散らばったナノマシン。分かりやすく言うと、目に見えない不思議な力によって補佐されているから起こる現象だ」

「じゃあ、この人達のやっていることは?」

「元々、龍族はシステムバグのようなものだからな。ナノマシンとの結びつきも実は脆い。いや、だからこそ簡単に結びついて絶大な力を出すこともできるんだが……」

「全てを託すって、それはつまり……?」

リリスが沈痛な面持ちと共に力なく頷いた。

「世界のシステムを変えたいのであれば、未来に全てを託すという龍族の覚悟を見せろ。それが女神──管理者の出した唯一の条件となる」

「でも、武装を解除しちゃったら……?」

「ああ、龍とは言え、システムの補佐の輪から完全に外されるんだ。そこらの人間の少年よりも非力になるだろうな。そもそも龍化という力すら失うだろう」

「力に固執する、誇り高き龍がそんなことになっちゃうって……」

「……コーデリア＝オールストン。だからこその覚悟だ。龍族の最高戦力である七支族のそれぞれの長。その全ての覚悟と信頼を見せる、それが条件。この世界の管理者……真なる女神との刹那なる対談のために支払うべき対価」

そうこうしているうちに、七大龍老が一人、一人と倒れていく。

力が抜け、立つ力もまともに保てない……そういう感じの倒れ方だった。

「安心しろみんな。俺がちゃんと里には連れて帰るからな」

そして、抜け出た光の粒子は建物の入り口と思わしき扉へと集まっていく。

次に、七色に神々しく輝く粒子は扉の中に吸い込まれていって消えていき――

――いや、赤色だけが残った。

よくよく見ると、その光は先ほど見た他の色よりも少し弱いように見える。

「やはり足りない……か」

との言葉と共に、リュートの知り合いの赤髪の男が外套と上半身の衣服を脱ぎ捨てた。

「いかに赤龍帝とは言え、トシもトシだからな。力が足りないのも当たり前の話だろう」

その言葉を受け、リュートは小さく頷いた。

「長老連中は老い先短いから全員快諾してくれたが、本当にいいのかオッチャン？　力は二度と戻らないんだぞ？」

「もしもの時の、赤龍帝のスペアとして俺はここにいる。今更それを聞くか？」

リュートは一瞬だけ悲し気に表情を崩して、そうして真顔になって大きく頭を下げた。

「よろしくお願いします。貴方の意志は絶対に無駄にしません」

言葉を受けて、赤髪の男はポカンとした表情を作った。

そうしてしばらく固まって――

「おいおい、リュート……あの時から……敬語を使えって散々に言ったが、こんな時にっていうのは卑怯じゃないか？」

赤龍族の男は目に涙を浮かべて、大きく頷いて言葉を続ける。

「なあ、リュート。俺はお前にお願いもしない。任せたとも言わない」

そうしてリュートの頭をコツリと拳で叩いた。

「――これは約束だ。絶対に世界を変えろ。お前にならできる。だから全てを託すんだからな」

赤髪の男は小指で涙を拭いて、リュートも頭を上げる。

そうして二人はニカリと屈託なく笑い、強く手を握り合ったのだった。


白一色の回廊。

龍族のみんなを入り口に残して、長方形の通路をただただ突き進む。

そうして、私達は突き当たりの扉を開いた。

「ここは……？」

そこには庭園があった。

室内だというのに青空が広がり、綿菓子のような雲がポツリポツリと浮かんでいる。

ゆるやかな優しい風が頬をくすぐり、小鳥と蝶が舞う草原と小さな丘。

大きな木が頂上に生えている丘を覗くと、そこには木製のテーブルにティーセットが置かれていた。

そして、椅子に座り優雅に紅茶に口をつけているのは金髪の女の人だった。

仮面をつけているので表情は伺い知れないが、若く美しい女であることは何となくわかる。

「初めましての方ばかりですね。エデンの園へようこそ皆様。私のことは説明は必要ないとは思いますが、この世界の管理者を任されている女神でございます」

「エデンの……園？」

私がそう言うと、女神は自嘲気味に笑った。

「いや、むしろ貴方達の住まうこの世界そのものが神に管理された箱庭です。この世界全体をエデンと言う方が適切でしょうね」

言いえて妙だな……と思う。

私達は限られた生息圏内で生き、システムによって人口と文明の調節が行われている。

かつて、進みすぎた文明がゆえに、この星そのものに対する環境汚染が進み、やがて負荷の限界に達して……自壊する前に人類は自らの文明をリセットした。

けれど、自らを悪だと断罪したはずなのに、私達は生きている。

最後に残った人間の良心。

いや、神様気取りのエゴによって、絶対的暴力装置を背景とした間引きと、文明が進みすぎないように、その進捗の調整を条件に生かされているのだ。

それが、私達の住むエデンの園――つまりは《知恵の実》の真実となる。

と、そこで女神はリュートに視線を向けて、ニコリと笑った。

「さて、それではお茶会を始めましょうか？」

全員が木製のテーブルにつき、女神にお茶を振る舞われた。

毒を警戒して口をつけずにいると、リュートが笑って「向こうが殺るつもりならこっちは数分以内で全滅してる」と言ったので紅茶に口をつけてみる。

あ、美味しい。

今まで飲んだこともない、どんな高級な茶葉でも出せないような、優しく品のある味だった。

「それで、貴方達は何をするつもりなのでしょうか？」

「いきなり大上段から切り込んできたな。まあ、龍王達がずっと考えてきたプランなんだが――」

リュートは笑って、けれど女神を真っ直ぐに見据えた。

「俺達人類は――外の世界に打って出ようと思っている」

そこで女神からは微笑が消え、大きく目を見開いた。

「貴方、まさか……？」

「ああ、外なる神を全て潰す」

「……できると思っているのですか？」

女神の問いかけに、リュートはしばし押し黙る。

そして、真っ直ぐに女神を見据えた。

「できるかどうかは分からない。けれど、可能性はある」

「と、おっしゃいますと？」

「魔人の力だ」

「……システムエラーのことですね」

「お前らがどう呼んでいるかは知らないが、これは恐らくシステム作製者達の総意としては予定していない力だよな？　このシステムを作った奴らの中にも、色々と思うところがあった奴がいたんじゃないのか？　だから、こういうバグ的な裏技を至るところに仕込んでいた。恐らくは人類に最後の反抗の選択肢を残すために」

「……ええ、その通りです。確かに貴方の魔人の力であれば外なる神……その単体であれば足元程度には及ぶかもしれません。けれど、それで数十……いや、数百の単位の破壊神を相手にできると？」

と、そこでリュートは指を二本立たせた。

「二十……いや、十年でいい。時間をくれ」

「時間をよこせとは？」

「人口が五千万という数字を超えたとしても、外なる神が箱庭――この世界に侵入しないようにしてほしい。あんたならできないことはないはずだ」

「……時間稼ぎをする、その心は？」

「システムの、そして箱庭の中で十数年で俺がここまでこれたんだ。なら、システムの範囲内でも活路はあるはずだ」

と、そうしてリュートは私達全員に視線を送る。

「俺が最強を目指してこれまで通ってきた道を指標にして……ここにいる連中、いや、それ以外の連中もそれまでに何とかする」

「つまりは魔人を量産すると？」

「そういうことだ。外なる神については文献で色々と調べさせてもらった。一番厄介なのは三層の障壁による絶対防御だよな？」

「ええ。この世のいかなる刃も弾き返す物理障壁、そして魔法障壁、更に物理と魔法の混合障壁による絶対防御……しかもそれらはすぐに再生するがゆえに絶対です。それを一瞬で破壊しなければ本体に攻撃は届きません」

「この世のいかなる刃っていうのも、あくまでも当初のシステムの予定内の話で……お前らの言うシステムエラー、魔人であれば可能なはずだ。いや、わざわざ三種も想定しているということは、システム内の天井に到達した者なら、それぞれの単体障壁になら届きうる」

「……」

「黙るってことは図星だな？　つまり、俺達には方法はある。魔人を量産すれば、相手が数十も数百もいてもあるいはな」

「『あるいは』ですか、ふふ、肝心なところは希望的観測なのですね」

「なら、モーゼズの案に乗って全て皆殺しにして一度リセットして、管理された箱庭で生き続けるってか？　で、どうなんだよ？　時間稼ぎはできんのか？」

「私がその案に協力するかどうかは別として、可能ではありますね」

「だったら――」

そこで女神はピシャリと言い放った。

「でも、全人類の問題です。それを貴方個人が決めるというのであれば、それはただの傲慢《ごうまん》です。飯《いい》島竜人《じまりゅうと》……力を得て、思い上がってしまったのですか？　コーデリア嬢に花を捧げたいと農作物栽培スキルを願った時の貴方は、そんな傲慢な人間ではなかったはずです」

リュートは悪びれもせずに頷いた。

「ああ、傲慢だろうな」

「そう思うのであれば、自重なさいな。この問題は今まで数多の転生者が直面し、そして保留とすると結論づけてきた問題です」

そこでリュートは首を左右に振った。

「ずっと考えていたんだ。仮にここでモーゼズを止めたとしても人口増加は止まらない。今後、システムによる本当の大厄災が起きて、それを俺達が止めても、今度は外なる神にそれこそ全てを根絶やしにされてしまう」

「……大厄災を止めなければよろしいではありませんか？　貴方の言う通り、放っておけば人工的ではなく、システムによる大厄災が起きます。そこに貴方達が関与しなければ全て丸く収まります」

「人口の数割が死ぬんだぞ？　世界は大パニックでどれだけの不幸が起きると思う？　俺達には止める力があるかもしれないのに……目の前の危機を見過ごせると思うか？」

「……あくまで、『かもしれない』という理屈でしょうに」

「それで、そもそも論として俺は世界を救う勇者様なんかじゃないんだよ。そういうのはガラじゃねえ。ってことで勇者様に聞こうか。おいコーデリア？　お前の決定で俺の意見はひっくり返るぞ」


え？


このタイミングで私に話を振るの？

「ちょっとリュート？　こんな大事な話、私に決めさせるってこと？」

「さっきも言ったが、俺は世界を救う勇者じゃない」

だから——とリュートは私だけでなく、リリスや小春ちゃん、ギルドマスターさんにエルフの老師にと、全員に視線を送ってきた。

「お前達全員で決めてくれ。全会一致なら、俺は龍王の提案した外なる神の駆除という計画に乗ろうと思ってる。龍王にしても、この方法が正しいかどうかは決めかねてるんだ。だから、俺としても正直なところはまだ揺れている」

「いや、ちょっとリュート？　でも、アンタはどう思うの？」

「旧世界のシステムからの独立が間違っていると思ってなきゃ、こんなところには来てねえよ」

ああ、まあそりゃそうか。

「……リリスはどう思うの？」

愚問だとばかりにリリスは頷いた。

「私はリュートに従う。リュートだけが私の生きる理由だから」

コイツはまあこんなやつだったね。

次に私は黒髪の巫女に視線を向けた。

「……小春ちゃんは？」

「あの、私難しいことは本当に良く分からないんです。でも私は、私は……リュート君が正しいと思います。リュート君がそう言ったからじゃなくて、三枝小春個人としてそう思うんです」

「その理由は？」

「タケミカヅチさんを降ろしている時の私が……今、心の中でこう言っているんです。『ったく、古代の亡霊共がっ……！　人間の癖に神様気取りか？　人様を家畜扱いしやがって……トサカにくる野郎共だっ！』って……」

まあ、トランス状態の小春ちゃんはイケイケドンドンのタカ派だもんね。

普段はおとなしいのに、どうしてああなっちゃうんだろうか。

「ギルドマスターさんと、エルフ老師は？」

「はは、アッシらは二人まとめてですか。酷い扱いでやすね」

まいったなとばかりに笑うギルドマスターさんに、私は思わず頭を下げた。

「あ、ごめんなさい。そういうつもりじゃなかったんですけど……」

「いやいや、いいってことですよ。ねえ、コーデリア嬢？　アッシは大分前に決めてるんですよ。リュートさんに一生ついていくって、そういう風に決めてるんです」

この人もリュート教の信者か。

まあ、見るからにそんな感じっぽいよね。

「エルフ老師は？」

「ワシは老い先短いのでな、若い者達の決定に異存はない。リズ嬢の世代が歩む道が気になるのは確かじゃが、このままゆるやかに間引きが行われていくというのは……な」

この人が一番まともっぽいわね。

でも、まあ、考えたって結論なんて出ない問題だと思う。元々、私は頭もそんなに足りてない。なら、やっぱり私は素直に感情に従うしかないんだろうね。

「で、お前はどう思うんだコーデリア？」

「……決まってんでしょ」

うん、この話を聞いてから、私は最初からスタンスは決めている。

だから、私は全ての理不尽に立ち向かうために劉海師匠の地獄を耐え抜いた。

「私達は管理や調整なんて頼んじゃいません。望んじゃいませんっ！」

そうして私は女神を睨み付けた。

「余計なお世話って奴です！」

私の言葉でリュートはクスリと笑った。

「ああ、そうだよな。コーデリア。お前ならそう言うと思ったよ。さあ、女神様？　こちらの意見はまとまったぜ？」

そこで女神は物憂げな表情を作り、深くため息をついた。

「……貴方達の意見がまとまったとして、システムの管理者である私がそれを是とすると？」

「ああ、ただの管理者――機械ならそうだろうな」

「どういうことでしょうか？」

「――だが、アンタは人間だ」

リュートの言葉で女神はギョっとした表情を作った。

「……え？」

「いや、少なくとも人間性を持っている。ひょっとするとあんたの精神性は、人間をベースに作られているんじゃないか？」

「……何故にそう思うのです？」

「俺が死に戻ったとき、アンタは嬉しそうに笑って、そして限界を突破した農作物栽培スキルを授けてくれたじゃないか」

そこで女神はお手上げだとばかりに肩をすくめた。

「なるほど、そういうことですか。まあ、確かに私は私を作り出した開発者の一人をベースとして作られた存在ではありますね」

「それに、かつての龍族との約束だ」

「ええ、確かにかつてこの場を設けることを約束しましたが？」

「だったら、アンタにはやっぱりこの世界の行く末について、この世界に生きる者の意見を聞く耳もあるし、そこには選択肢はある訳だ。いや、俺とこうして話をしている時点で、アンタ自身が迷っていることの証拠にもなるんだよ」

「……まあ、隠すつもりもありませんのでお伝えしましょうか。このシステムは何から何までがエゴで、関係者全員が決断を先送りにした結果の産物です。開発者すらもどうしていいかわからず、ただのシステムの管理者にすぎない、私のような者にすら選択肢を与えてしまっているのですからね」

「それでアンタもずっと決断ができなかったってことだよな？」

「ええ、そうですね」

「なら、アンタを機械ではなく人間の心を持つ者として話をする。聞いてくれ」

「はい、何でしょうか？」

「……俺に、いや、俺達に世界の未来を委《ゆだ》ねてほしいんだ」

「仮に貴方達の言う通りに外なる神を排除して、そうだとして文明の行く末はどうなりますか？　科学文明の終着点は自滅です。それは変わりません」

リュートが何かを言おうとして、女神はその言葉を手で制した。

「最終的に、相対性理論……分子と原子の織り成す神の力。最後は犯罪組織の次元でその所有が可能になります。そして時代が進めば、それ以上の武器がね。どのようにして自滅を回避できるのでしょう？　環境破壊も人が人である以上——資源の持続可能な運用など不可能です。必ず大地を蝕《むしば》み、そして臨界を迎えます」

何のことを言っているかは私には分からない。

リュートが黙っているところを見ると、痛いところを突かれているんだろう。

けど、私は……どうにも全てを決め付けてかかっている女神が気に食わない。

「女神様？　私達には手足があります。考える頭もあります。私達は必ずどんな困難だって……乗り越えてみせます。それこそ、村人からここまで這い上がったリュートみたいに。乗り越えられない壁なんてないんです」

私の言葉で女神は話にならないとばかりに首を左右に振った。

「しかし、今現在貴方が言っているのは、結局は希望的観測。魔人の量産も厳しいですし、それを為したとしてそもそも外なる神の駆除ができるなど……紙のように薄い確率です」

「できるできないじゃない。やらなくちゃ駄目なんだ」

「……本当に何から何まで無責任ですね。少しはこちらの身にもなってくださいな」

「あいにくだが俺はアンタじゃねえからな」

リュートの言葉で女神は困ったような顔をして、そして——

——母親が駄目な子供を見るような、そんな何ともいえない優しい微笑を作った。

「何から何まで不完全。しかし、それでこそ人間なのでしょうね」

「ああ、不完全だからこそ俺達には多様性がある。だから、工夫次第ではこの手で何だって掴めるはずだ」

「村人の貴方が、道を切り拓く――力という名の剣を手に入れたように？」

ゆっくりと頷くリュートに、諦めたように女神は肩をすくめ、そしてサジを投げたとばかりに両手を挙げた。

「お好きにしなさいな」

「ってことは……やってくれるのか？」

女神はコクリと頷き、そして「十年が限界ですがね」と儚《はかな》く笑った。

「統計数値を少し弄《いじ》る程度ですから、できないことはありません。ただし、最後は人間らしく醜《みにく》く争って決めなさい。現状維持を望むモーゼズと、支配からの脱却を望む貴方。理想や弁論ではなく――戦って正しさを証明しなさいな。私は勝者の論理に従いましょう」

女神の言葉の意味を考えて、そして一同が同時に大きく頷いた。

「そういう分かりやすいのは嫌いじゃねーぜ」

「別に私は情にほだされた訳ではありません。過去に私に人間性という遊びを持たせた開発者がいた。そして魔人という手段を残した者もいた。あるいはそれは同一の者かもしれませんが、ともかくそもそもの選択肢として、当初から貴方達の案は予定されていたものの一つではあります」

「ああ、感謝する」

「外なる神とモーゼズ……その関係は知っていますか？」

「転生者の一部と俺達はツーカーだった。そして、たった一度しか使えない『憑依《テイクオーバー》』のスキルをまだアイツは使用していない。だから、それは想定済みだ。それに女神様よ、あんたは全て知っている上で、可能性を見せろって言ってんだろ？　人類の反撃の狼煙の前哨戦として、外なる神の一体を打ち滅ぼせと」

「ならば、言う事は何もありません」

こうして――女神との会談は終わり、最後の戦いが始まったのだった。

サイド：リュート＝マクレーン

女神との会談を済ませ、俺達は今から仕事を終えるはずの龍王と合流するために、一旦龍族の里に戻ることにした。

で、その日はかなり深い時間、まあ地下都市は未だに光源が生きているので明るいんだけどさ。

ともかく、夜を示す薄暗い明かりの中でテントでの野営となった。

女神には泊めてくれって言ったんだけど、意外にケチだったので外で勝手に寝泊まりしてくださいとのことだった。

そうして、屋上と庭のスペースは出入りできるようにセキュリティを切ってくれたって感じだな。

「なあリリス？」

深夜二時、俺は薪の近くで腰かけていたリリスに話しかけた。

「……ん？　もう寝ずの番は交代？」

「いや、そうじゃねーよ。ちょっと、お前と話をしたかっただけだ」

「私と話？」

「ああ、コーデリアには俺が消えるってことは伝えないで欲しいんだ」

そう言うと、リリスは俺に両手を絡めて抱き着いてきた。

「おい、リリス？」

「……少しだけでいい。こうさせて欲しい。最後かもしれない。だから、少しだけでいい……ギュっとして欲しい」

「お前なあ……」

とはいえ、最後かもしれないと言われたら抗《あらが》う術は俺にはない。

元々は俺のワガママなんだから、リリスのワガママを聞かない道理はない。

だから、ため息とともに俺はリリスを抱きすくめた。

「……ねえリュート？　本当にこれで良かったの？」

「どうしたんだよリリス？　まさか、今更止めてくれとは言わないよな？」

「……いや、この問題はずっと話し合ったこと。しかし、何故にコーデリア＝オールストンには貴方が消えることを秘密にするの？」

「結局――どこまでいってもアイツは俺の妹なんだよ」

「……？」

「お前は俺の相棒だからな。だから、お前にだけは、とことんまで俺に付き合ってもらうってことだ」

「……なるほど」

「ああ。アイツがゴネ出すと、俺の心が折れちまうかもしれん。最後にアイツには、俺は戦死して消え去ったとでも伝えてくれれば……それでいい」

「……私がどれだけ言っても聞かなかったのに？　結局、リュートは私とコーデリア＝オールストンのどちらが大事？」

頬を膨らませたリリスの頭に俺は笑ってアゴを置いた。

「どっちも大事だ」

「……本当にズルい」

と、リリスはため息をついた。

「……過去の清算は過去の人間に背負わせるべき。女神に確認したのだけれど、やはりガイア――アカシックレコードから、かつての死者をサルベージし再構築する。それが貴方達転生者」

「ああ、その可能性を考慮して、今までの転生者達は保留という形で結論を先延ばしにしてきていた側面もあるな」

「……人類の進む方向を明確に決めれば、転生者は役目を終えて消えうせる定め。貴方達は転生スキルやらで、現地のバランスブレイカーでもある……理屈上、妥当なところだとは思う」

「でも……」と言ったリリスに俺はギョっとした。

リリスの瞳から涙が溢れ、俺の胸に顔をうずめてきたからだ。

「……他の選択肢もあったはず。例えば、ナノマシンによる武装を放棄し、管理の外側に出る。そうすればシステムは現在の人口を把握できない」

「そうして転生者もまたナノマシンによるステータスを失い、システムの理から外れる。消える必要……いや、消え去る運命、管理の輪から離れることができるってか？」

「……恐らく、そちらの方法もとることはできるはず」

「が、その代わりに人間はステータスを失う。そうすれば武装した騎士団が、通常のオーガの群れにすら対処できなくなるんだぜ？　下手すれば外なる神云々以前の問題で、人類は魔物に飲まれて全滅だ」

「……」

そうして俺はリリスを強く抱きしめた。

「二人で話し合ったことだろう。だから、泣くな」

「……確かに話し合った。けど、私はずっと止めていた。結局はリュートが勝手に決めたことだ。貴方は……いつでもそうだ」

「ごめんな。でも……俺は、俺という存在そのものに可能性を感じたんだ。十数年でシステムの範囲内でも人間はここまでこれる。それに、システム製作者は外なる神に対峙しうる数多の裏技も用意してくれている」

「……」

「なら、俺達は……いや、コーデリアやお前達が反抗の狼煙をあげてくれるはずだ」

リリスは俺の胸から顔を起こして、泣きながら、けれど呆れたように笑った。

「……好きにすればいい。リュートの決めたことに私は従う。ただそれだけなのだから」

「ああ、すまないがお願いするよ」

「……ねえリュート?」

「ん?」

「……貴方は私を相棒と認めてくれている。それが嬉しい。たとえ、それが悲しい決断だとしても、コーデリア＝オールストンは知らずに、私がそれを知っていることが……嬉しい」

「ああ、最後の最後まで頼りにしてるぜ、リリス」

サイド：コーデリア＝オールストン

――深夜。

寝ずの番の交代までの間、私は眠れずに女神の住まう建物の屋上で廃墟群を眺めていた。

遠くには数百メートルの摩天楼《まてんろう》が見えるし、本当に呆れるほどの文明を旧人類は築いていたんだろう。

カガクというの名の、冥府魔道の究極の数々。

生命の神秘を解き明かし、命を弄び……遂には人間そのものまでも変質させてしまった。

そうして、進化の行き着く先は崩壊という名のデッドエンド。

食物連鎖の、いや、宙船によって、この星という枠組みからさえも抜け出そうとした、そんな生物は生命としてあまりにも不自然だ。

——この大地に生まれ、この星に還る。

そんな摂理すらも曲げるような力は、まさしく冥府魔道の術としか言いようがない。

そして、神の……いや、星の定めた摂理を曲げるような不自然なものがのうのうと生きていけるはずがない。

人は、自然の加護なくしては生きてはいけない。

その前提から外れ、自然を破壊し、他恒星系に活路を見出そうとしたようなものは、もはや生物と定義していいかどうかすら怪しいと思う。

いや、そのことに気づいたからこそ……旧人類は自ら滅びの道を選んだのか。

けれど、もしもその時に他恒星系に植民に最適な星を見つけて移住していたら？

そうすれば、人はまたその星を食い尽くし、新たな星を求めていたのだろうか。そうして広がる破壊と破滅の連鎖。すべてを食い尽くすまで、人は止まらないのだろう。

「……まるで悪魔そのものね」

獣も魔物も無駄な殺しはしない。

人を遊びで殺せるのは人だけだし、やはり、人は滅びるべきなのかもしれない。

女神の前ではああ言ったけれど、それでも——ふと、その時、私はそんなことを思ってしまった。

——ふふっ、そう思うでしょう？　それでいいのよ。心の迷いでもいい、ただ一瞬の迷いでもいい。

そう思ってくれれば——私の勝ち。この前の戦いでも思うことがあったのでしょう？


と、そこでまた、第三の目の視点に移った。

いや、違う。両の瞳の視界も暗転しているし、これは……フラッシュバック？

劉海師匠とリュートの戦いが脳裏をよぎり——そして首筋に違和感を覚える。

すると、あの時に少し感じた焦燥感が千倍になって私に容赦なく襲い掛かる。

ちょっとコレ……おかしい、何かがおかしいっ！　何で急にこんな感情の塊が胸に溢れて——

けれど、胸に襲い来る感情の渦は止まらず、頭の中が《そのこと》だけでいっぱいになっていく。

——リュートと劉海師匠のあの戦いは何だったのだろうか？

それは、あの時も思ったけれど、胸の中に押し込めていた感情。

――たった一発入れるだけで無限の連打？

それは、あの時に気づいたけれど、見たくないと必死に見ないようにしていた事実。

――数十発で地図を塗り替える劉海師匠の打撃を、リュートはどうして全て耐えきることができるの？

決まっている。リュートと師匠は……私とは次元が違うからだ。

「……あれがリュート達天上の世界。何が届いたはずよ。結局、いつまでたっても私はお荷物じゃない」

気づけば、乾いた笑いが出ていた。

そこで、私の意識はまるで催眠魔法を受けたかのようにグチャグチャにトロけはじめた。

制する術を身につける前の魔力暴走、バーサーカーモードにやっぱり似た感覚。

でも、これは絶対にソレとは違う。

バーサーカーモードはあくまでも生存本能の暴走に起因する。それはあくまでも私の内なる感情の発露に過ぎない。

けれど、これは明らかに違う。

私ではない何かが、今、私の中に入ってこようとしているのが分かる。

ゾワゾワと頭の中に無数の虫がうごめいているような、脳を食い破られているような。

――これは、良くない。

と、思いながらも……私は、ただ、ドロドロに溶けた意識の海のぬるま湯の中で漂い続ける。

そうして、薄れゆく視界の中で……微《かす》かに戻った両目の視界で、私は首筋にかぶりつくモーゼズを視認した。

「モーゼ……ズ？」

「時は満ちました。心の大きな揺らぎを感じましたのでね。さあ、これで最終段階です」

首の血管を通して胸に向けて何かが入ってきて……心臓に到達した瞬間、爆発的に体に倦怠感《けんたいかん》が広がっていく。

と、言うよりも……何だか全てが面倒臭く、どうでも良くなっていく。

「洗脳《ブレインジャック》と言えば古くから吸血鬼と相場が決まっています。私の絶対スキルを活かすには、やはり吸血鬼が良いということです。私は自身に進化の秘術を施していましてね……真祖の吸血鬼のサンプルをベースに体を作り変えています。それがゆえに、影の中に潜むことも容易です。いやあ、貴女は影の中までも美しいのですね。コーデリアさん」

「いつか……ら？」

「劉海さんとの激闘。皆さん必死でしたね」

ああ、そうか……そういうことか。
ひょっとしたら、頭の中の声もモーゼズ……が？
でも、何だか眠いし、だるいし……どうでもいい……か。
「これは面白い。このままでも完遂《かんすい》できていたでしょうが……これでパーフェクトです。さあ、人魔皇がスキルの一つ――イージスの魔眼でごらんなさい」
と、視点は第三、第四の目に移る。そこで何故か外にいるはずのリュートとリリスが私の脳裏に見えた。

――どうしてリリスとリュートが抱き合っているの？

そして、リュートの言葉がドクンと胸に響いた。

――ねえ、結局、私は妹ってどういうこと？

――リリスにだけは付き合ってもらうってどういうこと？

――リュートが消えちゃうってどういうこと？

――また、私だけ、置いてけぼり？

――ねえ、私には何も言わずに、自分だけ消えちゃうつもりなの？

――ゴブリンを倒して村から出たあの時だってそう。

――邪龍を倒して再会したかと思えば、またどこかに行ったあの時もそう。

――私ってアンタの何？　私ってそんなに……お荷物なの？　私だって必死に頑張ったんだよ？

――なのに、それなのに、結局、私はいつまでたってもリュートのお荷物？　何でもかんでも自分一人で勝手に決めて……ねえリュート？　アンタにとって私って何なの？

――ああ、そうか。

――私は、妹の代わり。ただ、それだけなんだ。そういうことなんだ。

うん、そんなことは分かってる。
だから、リュートは絶対に私には頼らない。
私は……リリスとは違う。ただ、リュートに守られるだけの存在なんだ。

——気に食わない。

——ワガママ放題で人の気も知らずに……いや、知ってるくせに、それでも好き放題に生きるアンタが……気に食わないっ！

——力のない自分が、蚊帳《かや》の外の私が……気に食わないっ！

——リュート！　自分勝手なアンタなんて、アンタなんて——大っ嫌いっ！

と、そこで私の耳に声が聞こえた。

——ねえコーデリア＝オールストン？　力を求めるのであれば、与えてあげる。

どうしてかは分からない。

けど、心の底から聞こえてきたこの声に応じれば、絶対的な力を得ることができるのは何故だか分かる。


——人魔皇。


そう、人間の究極進化形態であるその領域に、あらゆる時代、あらゆる人がソレを作ろうとして、その結果、私はここにいる。

朦朧《もうろう》とした意識に呑まれ、私は——

「力を……ちょうだい」と、そう応じ、意識は闇の中に溶け始める。

そして、最後にモーゼズの言葉がいやに耳に残った。

——力への渇望と嫉妬。劉海で布石は打てたと思っていましたが、本当に貴方達は面白いように私の掌の上で踊ってくれますね。さて、見事に条件を達成しました。

——勇者と魔王。善と悪を併せ持つ血族。勇者としての数々の武功と、そして同族千人殺し。

——英雄ではあれど、聖人ではなく。

——そしてたった一度しか使えない、二つある私の虎の子の内の一つ——転生特典スキル：洗脳《ブレインジャック》。

——さあ、これで、私だけの人魔皇の誕生です。夢の世界に沈みなさい。コーデリアさん。

サイド：リュート＝マクレーン

俺とリリスは瞬時に立ち上がり、同時に視線を空に向ける。

と、その刹那、ズザザザっと地面を滑る音。

目を向けると、女神の住居の屋上から飛んできたと思われるコーデリアは、その背に男を抱えていた。

「モーゼズ？」

モーゼズを丁重に地面に下ろした彼女は、俺に向けて剣を構える。

「おい、コーデリア？　どういうことだ？」

「……」

返事はない。いや、俺の言葉が頭にすら入っていないようだ。

目に色がないな……と、なると――

「モーゼズの転生特典スキルは確か……洗脳《ブレインジャック》。いや、しかしそれは一度きりのスキルで、過去に自身が瀕死になった戦いで使用したはずだ」

モーゼズに問いかけながら、リリスと魔力回路の深いリンクを並行で行う。

コーデリアがアレになっているのであれば、魔人化した俺でもどうこうできるとは思えない。

けど……それでも、いつでも全力を出せるようにしておかないと。

「ええ、貴方達の子飼いの者が、私の周りをウロチョロしていたのは気づいていましたよ。だからこそ、貴方達に私が人魔皇を使用することへの対策を打たせないために、そういう情報を流しました」

洗脳《ブレインジャック》のスキルが生きていたら、確かにこうなる可能性はあった。

人魔皇を作ったとしても、土台がコーデリアだ。

たとえ、闇に飲まれようが、闇に不慣れであるがゆえに破壊衝動なんかには駆られても、少なくともモーゼズの支配下に落ちることはない。

当然、モーゼズもそれを分かっている。

いや、むしろコーデリアを手中に収めることがコイツの目的の一つだから、コーデリアに力を与えて、力づくでどうこうするセンを消すようなことはしない。

だから、それだけは絶対ないはずだった。

「完全にしてやられた形みたいだな」

「……リュート?」

「ああ、分かってる」

気を抜けば一瞬で全滅させられる。

ある種の確信と共に、俺は最速で魔人化の術式を組もうとする。

心臓に魔力——ＭＰが集まり、魔人たる証、背中の闇の翼を形成しようとするが……俺は驚きのあまりに目を見開いた。

「なっ……？」

コーデリアがすっと剣をこちらに向けると同時、実体化しようとしていた黒の翼が飛散して大気に溶けていく。

「リュートさん？　切り札を潰された気分はどうですか？」

「……魔人化できない？　何が起きてやがる？」

「人魔皇。システムで許された限りの全ての力を行使できる絶対者ですよ。貴方のようなまがい物のルートで偽りの魔人となった者を制圧する術ももっています」

そうしてモーゼズは醜悪に笑って言葉を続けた。

「何しろ人魔……魔人の皇《すめらぎ》ですからね」

こりゃあ不味いな。

外なる神だけであれば俺と龍王でどうにかできた可能性はあったが、それ以外にもまさかモーゼズがこんな隠し玉を持っていたなんて……な。

「コーデリ……」

呼びかけようとして、止めた。

深紅の瞳は完全に闇色に飲まれ、いつもの生命力に満ち溢れたコーデリアを知っているだけに、その表情にゾっと背中に冷や汗が走る。

と、その時——

「──ガハっ……！」

背中に熱い何かが走った。

何が起こった？　いや、そんなのは決まっている。

背後を振り向くと、予想通りにコーデリアが血脂のついた剣を持っている姿があった。

──見えなかった。

あるいは、魔人化しても俺はコイツに対処できるのか？

「さあ、トドメを刺しなさいコーデリアさん」

モーゼズの言葉を受け、コーデリアは剣を振り上げて──

「リュ……リュート？」

コーデリアが一瞬止まり、俺はリリスを掴んで横に跳んで距離をとる。

リリスの回復魔法が作動し、すぐに痛みは引いていく。

「まだ完全には洗脳が終わっていないみたいだな」

「……ならば今が好機。あんなのが迷いなく襲ってきたら打つ手がない」

リリスもコーデリア……いや、人魔皇の力は今のやりとりで把握したらしい。

と、そこでモーゼズは舌打ちと共に指を鳴らした。

「さあ、こちらに来なさいコーデリアさん」

そのままコーデリアはモーゼズの隣に立ち、こちらに向けてヒノカグツチを構える。

「そういえば私と最終決着をつけるように女神と話をしていましたね？　丁度都合がいい。ならば、決着は方舟で行いましょう。正々堂々の果し合いとしましょうか」

「不意打ちでこの場で決着つける気マンマンだったじゃねーか」

「ははは」とモーゼズは心外だとばかりに両手を広げた。

「今のは挨拶代わりの小手調べですよ。さあ、行きましょうコーデリアさん」

そうして、コーデリアはモーゼズを抱えて跳び上がった。

数百メートルは跳躍しただろうか、廃墟のビル群の壁をけりながら、アメリカのスーパーヒーローのようにジグザグに都市を舞い——闇に溶けた。

サイド：リュート＝マクレーン

翌日。

壊都の片隅で、龍族を除いた俺達は薪を囲んでいた。

力を失った七大龍老は、今は女神に無理を言って匿《かくま》ってもらっている。

で、まともにモーゼズとぶつかっても勝ち目がないのは間違いない状況で、何か妙案があれば……と話し合いとなった。

「現状を整理しようか。まずはコーデリアの状態はどうなっているリリス？」

「……洗脳《ブレインジャック》の術式を完遂する期間は、新陳代謝による脳細胞の入れ替わりの期間と完全に一致する。理屈は説明するまでもないと思う」

「ああ、それで？」

「通常は最長で一年……しかし、回復術の応用で細胞分裂を促したとして、最短で四……いや、三日程度はかかる。それ以上の時間が経過してしまうと正気を取り戻す可能性は限りなくゼロとなる」

「既に夜も明けている。と、なるとタイムリミットは六十時間ちょっとってところか」

コクリとリリスは頷きかけて、そして首を左右に振った。

「しかし、そもそも正気に戻す方法が分からない。それに、方法が分かったとして、何をやるにしてもまずはコーデリア＝オールストンを無力化させる必要がある」

「魔人化ができねえ上に、相手は人魔皇……か。なら、最初にモーゼズをやっちまえばいいんじゃねーか？」

「……モーゼズは追い詰められると外なる神と同化するはずだ」

どっちみち、楽な道じゃねえってことか。

ともかく、外なる神に対峙するにしても、俺が魔人化できなきゃどうにもならない。

と、言うのも元々、外なる神を討伐する作戦は非常にシンプルなものだった。

・物理障壁

・魔法障壁

・物理と魔法の混合障壁

この三つを合わせて、絶対防御。

耐性を持つ攻撃については、本当に一切受け付けないらしい。

しかも、この三つは瞬時に再生するというシロモノで、だからこその絶対だ。

つまりは、この三層の絶対防御の破壊のためには、それぞれの耐性以外の攻撃を行って、一気に叩く必要がある。

色んな文献によると、それぞれの耐性以外の攻撃で、システム内で許された極限の力を振るえば……つまり、俺達なら破壊は可能だ。

対物理障壁に一人。

対魔法障壁に一人。

物理魔法混合障壁に二人。

そして、本体に一人。

だから、元々は外なる神を倒すプランは、俺、龍王、劉海、マーリン、リリスの五人で決まるはずだったんだ。

けれど、その内の二人が欠けた以上、現状の戦力で倒すには半分以上は賭けになる。

そこで、分の悪いことは承知で――俺、龍王、リリス、そしてコーデリア。残った本体には一番手の俺が最速で回ってというプランBを採用する予定だった。

が、コーデリアまで欠けちまった。

しかも、龍王も別件でこの場所にはいない。元々は後々に合流するはずだったが、今から龍王と合流するには時間が足りない。

　と、俺は頭を抱えてため息をついた。

「最後の最後にして八方塞がりって奴か。こんな時に劉海やマーリンがいてくれたら……」

「俺様ちゃんに名案があるぜリュート！　とにかく殴っちまえばいいんだよっ！」

「い、そんな単純じゃねーんじゃねーか劉海？」

「そうじゃそうじゃ。ワシも劉海に賛成じゃ！　女を洗脳してモノにしようなんてゴミカスは、パパっと畳んで川に流してしまえばいい！」

「いやいやマーリンよ。それが簡単にできれば俺は苦労はしね……」

と、そこで俺はいつの間にか自然に目の前に座っていた二人を見て、パクパクと口を開閉させる。

で、リリスや三枝達一同も、パクパクと一同が口を開閉させていた。

いや、まあそりゃあパクパクってなるわな。

「ってか、何で生きてるんだよっ！」

「俺様ちゃんとマーリンの年齢考えてみ？　そもそもからして、俺様ちゃん達は自らの肉体を捨てたところで生きてんだ。この前まで使っていた肉体が滅びたとして、それがどうした？」

「ネタバラシすると、そもそもワシの本体はいつも持っておるぬいぐるみじゃからの。あ、ちなみにこれは超極秘事項じゃから絶対に秘密じゃぞ？」

　よくよく見ると、マーリンの体はいつもよりも若くて小さい。新しい体に入ったってところか？

　そして、劉海は……ちょっと様子がおかしいな。

「マーリンは分かったが劉海はどういう理屈なんだ？」

「実際、俺様ちゃんは死んでるぜ。だが、元々は仙人っつーのは大自然との同化を目的とし、不死を目指す存在だからな。ともかく、俺様ちゃんは輪廻の輪から解脱することには成功している。つまり、魂だけの存在として生きることができるっつー訳だ」

「つまり、どういうことなんだよ？」

「幽体のまま自分でアンデッド召喚術式を使って肉体を再構築、そのままそこに収まったって訳だぜ」

確かにちょっと顔色が青白いな。

しかし、さすがは化け物タッグだ。

もう、ここまでくるとコイツ等何でもアリだな。

「まあ、戦いが終われば消え去るさ。俺様ちゃんはリュートに負けたし、実体を持った不死者としてこの世を生き続けるのは外道の法理。テメエ等を裏切ったのは事実だし……ケジメはつけるさ」

「……なあ劉海？　一つ疑問なんだが、そこまで言うくらいならどうしてお前は戻ってきたんだ？」

俺の言葉を受けて、劉海はニカリと笑った。

「外なる神ってやつと、消え去る前に一度戦いたかったんだよ」

やれやれ、劉海っぽい回答だなと俺は肩をすくめた。

「のう劉海？　素直に言えんのか？」

「ああ？　素直って何だよマーリン？」

「元々、貴様は本気でリュートと戦いたかっただけじゃろ？　ワシにしても殺しておらんし、自分が消えてもワシ等の中で最強のリュートに、闘仙術の奥義を渡せば戦力的にはプラスマイナスゼロ。そう思っておったところにコーデリア嬢があぁなって……責任感じて舞い戻っただけなんじゃろ？」

そこで劉海は「やかましい！」とその場で叫び、顔を真っ赤にしてこう言った。

「勘違いしないでよねっ！　マーリンが言ったようなことなんて……全然そんなことないんだからねっ！　俺様ちゃんは強い奴と戦いたいだけなんだからねっ！」

うん、ツンデレぶってもかわいくない。

ぶっちゃけ反応に困る。

まあ、劉海の真意はイマイチ読めねえけど、それはさておき――

「ともかく、ここにきて心強い援軍なのは間違いねえな。それでマーリン？　劉海？　コーデリアを戻す方法に心当たりはあるか？」

「そもそもモーゼズのソレって固有スキルじゃろ？　人魔皇みたいな存在を操るとか、ワシの知る限り転生者の特典スキル以外にできる訳ないからのう……まあ、普通の魔術的な方法じゃ無理じゃろうな」

「悪いがリュート、頭を一発殴ってショック療法を与えながら呼び掛けるような方法しか思い浮かばねーな」

ふーむ……と、一同が困ったとばかりに押し黙った。

しかし、俺はそこで「はっ」と息を呑んだ。

「いや、劉海？　一発殴るって、それって名案かもしれねーぜ？」

「どういうことだ？」

「モーゼズは洗脳前に吸血鬼としての力を使ったと言っていた。そして、吸血鬼のスキルは闇の属性ってことだ」

　そういうことかとリリスは小さく頷いた。

「……なるほど。可能性はある」

「ああ、聖属性……俺の場合は仙気を使用するが、その魔法・闘気を乗せた剣、あるいは拳で頭を叩いて闇属性をリセットすれば……あと、洗脳ってのは基本的には寝てるようなもんだからな。ダメージを与えてショック療法ってのもやっぱり悪くねえ」

　そこでマーリンは渋面を作った。

「効果はありそうじゃが、根拠が薄い。それでは正気を取り戻すかどうかは分からんぞ？」

　そうして俺はニヤリと笑って、コーデリアの残した背嚢《はいのう》からソレを取り出した。

「コイツがある。それとさっきも言った闇属性を聖属性で吹き飛ばすって方法。合わせ技一本でいけそうな気がするだろ？」

　マーリンと劉海はソレを見て、そうして二人は顔を見合わせて頷いた。

「なるほど、ちゃんと考えているみてーだな」

「じゃが、それでも戻ってくる保証はないぞ？」

「これ以上の案はいくら考えてもまず出てこない。もしもダメな時はその時にまた考えればいいさ。

ともかく急がねーと……タイムリミット前にモーゼズからコーデリアを取り返す。完全に洗脳が施される前にな」

そこで俺は立ち上がり、掌をパンと叩いた。

「それじゃあ作戦としては単純だ。まずは最優先でモーゼズを叩く。モーゼズさえ潰せばコーデリアの洗脳は解けるはずだ。俺達四人なら外なる神相手でも何とかなる。まあ、やっぱり五人いなけりゃ賭けにはなるが」

「うむ。しかしじゃの？　途中でコーデリアに出くわしたらどうするのじゃ？」

「コーデリアは魔人の力を抑えてくるから俺はアウトだな。この中で近接戦でアレを抑えるなら劉海にしかできね――」

言葉の途中で劉海は俺の頬に、無遠慮で平手打ちをしてきた。

パシーンと乾いた音が鳴り、続けざまに劉海はニカリと笑った。

「今んとこ、何もかもが推論と憶測だけで確証は何一つねーんだ。だったら、そこの適任はテメエしかいねえ。いや、コーデリアを呼び戻す役割は、そもそもテメエにしかできねえだろうよ」

「痛ェな……」

と、頬をさすりながら俺は、全員が劉海の言葉に首肯しているのを見て「分かったよ」と頷いた。

「さあ、方針が固まったなら、方舟に急ごうか」

「……でもリュート？」

「何だリリス？」

「……途中でコーデリア＝オールストンと出くわした場合、全員で対処するというのはどうだろう?」

「いや、それをするくらいなら、残りのメンツはやっぱりモーゼズのところに走った方がいい」

「……と、言うと？　私は……リュート抜きではモーゼズには絶対に勝てないと言っている。その状態でモーゼズに残りが対峙しても意味はない」

「モーゼズとコーデリアがセットの場合は、脇目も振らずに速攻でモーゼズを仕留める、路線はこれだ」

「……ふむ」

「で、コーデリアが単独の場合、足止めとして残る奴がいないとどうしようもないわな?」

「……うん、それはそう。だから全員で対処すればいい」

「洗脳《ブレインジャック》を使っているのはモーゼズだ。もしも離れている場合は……そのまま離しておいた方が絶対にいいだろ?」

そこでリリスはポンと掌を叩いた。

「……それはそうだ。正気に戻すにしても、途中で術者に介入されては目も当てられない」

「だから、その場合はお前等はモーゼズのところに走って、その場で足止めをしてくれ。必ずコーデリアは俺が連れていく」

そうして全員が立ち上がったところで、「待て」とマーリンが懐から小袋を取り出した。

そのまま、一人ひとりに指輪を渡していく。

「全員にこれを渡しておく」

「おい、この指輪って……？」

「ああ、おそらくは……外なる神に対する切り札じゃ」

その効能を身をもって知っている俺とリリスは、互いに肩を見合わせて肩をすくめた。

なるほどな。確かに絶対防御を吹き飛ばすには、その方法が一番現実的だろう。

そうして、俺達は指輪を受け取った。

サイド：コーデリア＝オールストン

――私、何をやっているんだろう？

「きゃあああ、来ないでっ！　来ないでっ！　化け物っ！」

剣を振る、巫女の女の首が飛ぶ。

「モーゼズっ！　裏切るのかっ⁉　俺達は転生者で仲間――――アビュっ！」

剣を振る。ズルリと頭の中身が出て、脳漿が飛び散り、床に赤い染みが盛大に広がっていく。

――テンセイシャ？　男の顔が脳裏に浮かんで、少し、胸が痛くなったけど、なんだか良く分からない。

「裏切る？　最初から仲間でも何でもない人間相手に、どのようにして裏切ればいいのか教えてもらいたいですね」

そして、背後に気配を感じて——そこには、確かに先ほど首を飛ばした女がいて、戦斧《せんぷ》を私の頭に振り落としてきていた。

「転生スキル：猫の魂っ！　死んだと思い込んだのが運のつきねっ！　私には九つの魂が——なっ⁉」

頭に振り落とされた戦斧は粉々に砕け散った。

どうやら、常時私に施されている人魔皇の防御術式に触れて、朽ちて、滅びたらしい。

「聖斧……かつての勇者が使用していた聖遺物《アーティファクト》が……砕けたですって？」

——聖斧？　ああ、勇者の聖剣みたいなオモチャのこと？

だったら、そりゃあそうなるよ。

勇者の聖剣とか聖斧とか、そんな貧弱な武器なら、私の常時防御障壁で溶けちゃうよ。

そんな簡単なことなら、リュートでも分かるんじゃないかな？

まあ、せめてヒノカグツチかリュートのエクスカリバーじゃないとね。そうじゃないと攻撃なんて通る訳がない。

——ん？　リュート？

何のことだろう。何故か胸がトクンとした。いや、頭が……頭が痛い。

「コーデリアさん？　どうしました？」

モーゼズは舌打ちと共に、私の首筋に噛みついてきた。

すると、心臓に向けて何かが流れてきて――でも、リュートって何なんだろう――まあ、どうでもいいか。全部、全部……どうでもいい。

そうして、猫の魂とやらを持つ女は、反狂乱になりながら私達に魔法の連打を加えてきた。

私はすぐさまモーゼズと女の間に割って入り、盾となる。

――極大魔法の類みたいだけど、こんな魔法で私にダメージ与えられる訳ないじゃん。

リリスの魔法でも、恐らくは私の三層の防壁の一つを抜くので精いっぱい。

多少の劣化はあるにしても、外なる神と同じく絶対防御を持つ私には……って……リリス？　まあ、何だか良くわからないし、どうでもいいか。

「どうしてっ！　どうして貴方は私達にこんなことを――モーゼズっ！」

女の叫び声にモーゼズはクスクスと笑って応じる。

「用済みですよ。人魔皇を手に入れた以上、私は無敵です」

「……方舟には選ばれし者が乗ることができる。私達はみんな優秀でしょう？　貴方の目的が今後の人類に自己の遺伝子を色濃く残すことであれば、利害は一致するはずよっ！」

「そもそもの、そこからして勘違いしているのですよ」

「……え？」

「私の目的は私とコーデリアさんとでアダムとイブになる。二人きりになって、真の神となる世界を過ごすことです。その他の不純物など――全てが不要」

「何を言って……？　そんなことをしたら近親交配が進んで……」

「だから、そんなことはどうでもいいのです。遺伝に致命的な不具合が起きたとしてそれも一興。そもそもが黄昏《たそがれ》の滅びゆく世界です。愛し合う二人から始まる破滅のラブストーリー。これほどに美しい最後があるでしょうか?」

その言葉で、女は信じられないと大きく目を見開いた。

「破滅……主義者だとでも言うの?」

「ええ、私は北山文化よりも東山文化の方が好きでしてね。ワビとサビ。盛者必衰。そう、滅びの儚さこそが美しいとは思いませんか?」

「頭……おかしいんじゃないの貴方?」

「はは、誉め言葉と受け取っておきましょう。かつてこの星に蔓延《まんえん》した、人という種の滅び、その演出。うん、やはり壮大なエンターテインメントにして、美術作品です。誰もがなしえなかった究極の美術演目——滅び——崩壊ですっ! 素晴らしいと思いませんか?」

絶望の表情の女を指さし、モーゼズは私に殺せと指示をした。

「ああ、そういえば猫の魂でしたっけ? それなら九回死になさい。それと——私は猫という生き物が大嫌いなんですよ。好き好んで撫でたりする人間が多いですが、私には正気とは思えません。ああ、そういえば、猫はもう一匹いましたっけ? ふーむ……ここにはいないようなので後で消去しましょうか。まあ、ともかく貴女については用済みです。みじめに内臓をぶちまけて、とっとと退場なさいな」

そして、それから丁度八回の悲鳴。

それを最後に、方舟から私とモーゼズ以外の生命の息遣いが消失した。

いや……猫がいるけど、それはどうでもいいか。命令はまだ受けてないし。

「さあ、コーデリアさん。急ぎましょうか。『ゆりかご』で全ての人類を消し去った後、結婚式と初夜を迎えましょう。アダムとイブ。極限までに優秀な遺伝子を持った子供達の行き着く果ては、はたして遺伝子異常による滅びか、はたまた持続可能な近親交配か――うん、どちらにしてもゾクゾクしますねっ！　本当に素晴らしいっ！」

サイド：リュート＝マクレーン

バチカン宮殿：システィーナ礼拝堂。

そこには無数の半裸の人間と、中央にはそれを裁くイエス・キリストの姿があった。

「まったく、ミケランジェロの『最後の審判』ってのも出来すぎているな。本当に出来が悪い話だ」

「打ち合せ通り、俺様ちゃん達はモーゼズのところに走る。死ぬなよリュート」

劉海とマーリン、そして三枝とエルフの老師が走り去っていく。

「お前等……？」

リリスとギルドマスターは走り去らずにこの場に残った。

今すぐ追いかけろと言いかけて……止めた。目を見る限り、どうせ、言ったって聞かねえだろう。

「……私はリュートと共に行く」

「アッシもリュートさんについてきた訳ですからね」

「なら、好きにしろ」

そうして、俺は礼拝堂の前方で彫刻のように佇んでいる、この世の者とは思えない美しい女に視線を移す。

見慣れちまって、いつの間にか当たり前に見えていたけど、やっぱりコイツは本当に綺麗だな。

目に色がなくて、いつものコイツには見えない。だからそう見えるんだろう。

けれど――

「やっぱりお前は笑ってる顔の方が、愛嬌があって一番いいと思うぜ、なあコーデリア」

「……」

そうして、最後の抵抗だとばかりに大声で呼びかけてみた。

「俺はお前とは戦いたくない。だから……戻ってこいっ！」

俺の言葉には一切の反応を示さず、虚ろな瞳でコーデリアは炎の魔剣を抜いた。

やっぱり、もう言葉じゃどうにもできねえか。

「魔人化できない俺と、対峙するのは魔人の皇。人間と……魔人か」

そうして俺は「ははっ」と力なく笑った。

「この前の劉海と俺のリピートだな」

視線をコーデリアから逸らさず、俺はクラウチングスタートの姿勢を取る。

最初の一手、そこを最速で取りに行くには、やはりこのスタートが一番いいのは間違いない。

そのまま俺はコーデリアに向けてロケットスタートを切った。

「――さあコーデリア！　俺を沈めて見せろ！　できるもんならなっ！」

瞬時に間合いを詰めて、コーデリアが眼前に迫る。

そのまま右ストレートをコーデリアの腹部に放って――コーデリアが消えた。

そして、背後に気配。

前転して、ほとんど勘だけでコーデリアのヒノカグツチを避ける。

――見えねえっ！

どんだけデタラメなんだよコイツはっ！

すぐに体勢を整え、再度コーデリアに突撃する。

そして、やはりほとんど勘だけでコーデリアの打ち下ろしを避けた。で、さっきと違うのは、俺は左の拳を振りかぶってるっていうところだ。

先手を取れないなら、後の先を取る。

コーデリアの方が速いといっても、攻撃直後で体が崩れているところで、こちらが矢を放てば――って……二撃目もコーデリアの方が速い⁉

見えない斬撃。

もう、自分でもどうやって避けているのか分からない。いや、避けることができていることにむしろ驚きだ。

二撃目はギリギリで避けたが、三撃目がかすめた。

パックリと頬が裂けて、とめどなく血があふれ出る。

が、ギリギリで軽傷の範囲だな。戦闘には支障がない。そして——

——ようやく、俺の左ストレートがコーデリアの鳩尾に突き刺さった。

仙気を流すが、コーデリアの瞳は虚ろなまま。それどころか反撃に移ろうとしている。

どうやら、一発殴ったくらいでは洗脳からは醒めないらしい。いや、何百発入れたところで、やはりそれは叶わないのかもしれない。


——けど、それが数万、数十万という単位だったら？


はたして、無敵の人魔皇とやらも、ちょっとばかり驚くと思うぜ？

「少なくとも、吸血鬼のスキルに必須な闇の力を全て洗い流すことはできるだろうさっ！　コーデリア——悪いが、反撃はさせないっ！」

影分身《シャドウサーバント》起動。

マリオネットの糸起動。

「さあ、泥仕合にとことんまで付き合ってもらうぜっ！」

そうして俺は、無限へと続く二発目の打撃を繰り出しながらこう叫んだ。

「究極闘仙術：無限舞踏《エンドレス・マリオネット》っ！」

サイド：劉海

方舟地下のドーム状の広大な空間。

入り口付近に闘技場《コロッセウム》という感じで、天井も異様に高い。

っていうか、本当に広いな。こりゃあ下手するとここって半球状に半径数キロはあるんじゃねーか？

で、古代闘技場《コロッセウム》は半径三十メートル程度で、残りの空間は延々と白抜きに埃だけが積もってるっていう感じか。

まあ、元々はここは核戦争も当たり前に想定される完全独立型のシェルターだ。

地下深くにバカでかい居住空間を作るという、発想は分からなくもねーんだけどな。

と、それはさておき、ここは現在は恐らく人工進化の研究で、戦闘実験か何かに使っていた施設なんだろう。

「俺様ちゃんの長い人生、遠目には見たことは何度かあるが、ここまで間近で見るのは初めてだな」

さて、俺様ちゃんの目の前にはモーゼズと、そして外なる神。

モーゼズの見た目はクソ眼鏡って感じで、外なる神は……体長二メートルほどの光り輝くちょっとした巨人ってところだ。

「……人間とほとんど変わらないんです」

三枝の言葉に俺様ちゃんは首肯する。

「人魔皇と基本構造は同じだからな。人間の遺伝子を戦闘仕様に特化させて、俺様ちゃん達とは次元が違うレベルのナノマシンで完全武装させている。それが旧世界を滅ぼした生物兵器の正体って訳だ」

と、そこでモーゼズは「やれやれ」と肩をすくめた。

「コーデリアさんは……なるほど、リュートさんと交戦中ですか。何人たりとも通すなと厳命していたのですが、どうやら素通りさせたらしいですね。しかし、まさか魔人にすらならずに、人の身のまま人魔皇に対峙するとは豪胆なことです。交戦したとして数十秒もつかどうかでしょうに、呆れますね」

「だが、その呆れる豪胆さがテメエをここまで追い詰めた」

俺様ちゃんの言葉で、モーゼズは「フハハっ！」と笑った。

「追い詰めたつもり……なのですか？」

「コーデリア次第だな。アレがどっちに転ぶかで、その時点で勝敗が決する」

「はは、何とかできると思っているようですが、アレは転生スキルです。貴方が思っているようなヤワなものではありません」

「しかし……」と、モーゼズは困ったような表情で、眼鏡の腹を中指で押し込んだ。

「まあ、実際に、嫌がらせとしてなら大成功ですよ。私個人で貴方達を殺すことはできませんし、外なる神を使わなければ八方塞がりです」

そうして、モーゼズは左手を外なる神の後頭部にあてがい、残った右手でその目隠し――安全装置を取り外した。

「不可逆なスキル。たった一度しか使えません。制約が多いがゆえに最悪の効果を持つスキルです。できればコレは避けたかったんですがね。転生スキル：憑依《テイクオーバー》」

言葉と共にモーゼズは力なく崩れ落ち――いや、先ほどまでモーゼズだったモノは抜け殻となり床に投げ出された。

「あくまでも私はモーゼズとしてコーデリアさんと結ばれ、生殖活動にいそしみたかったのですが……もうそれは無理そうですね。まあ、肉欲もなく、心と心だけで愛し合う二人。そして、アダムとイブが子を為さずに、時と共に確実に滅ぶ世界も悪くない――それもまた美しい世界です」

さて、そろそろ始まる……か。

俺様ちゃんはマーリンに視線を送り、アイコンタクトを終える。

初手をしくじれば、それでおしまい。だから、初手を確実に決める必要がある。

「さて、覚悟はできていますか？　貴方達はモーゼズという絶対神の遺伝子を残すことを不可能としたのですよ？」

ははは、と俺様ちゃんは笑った。

「クソ眼鏡の腐った遺伝子が残されずに済んだって、後の世代からは拍手喝采ってなもんだ」

「ふふ、はは、はははは っ！　さあ、簡単には死なせませんよ？　寿命の尽きるその日まで延々と拷問にかけてさしあげましょう」

まあ、寿命と言われても、俺様ちゃんはもう死んでるんだけどな。

と、そこで——

「禁術：創造の原初《ビッグバン》」

マーリンがモーゼズを閉じ込めるように半球状に防壁構築を張り、それと同時に攻撃を発動させた。

うん、本当に何度見ても惚れ惚れする威力だな。

と、防壁の中の爆発の煙も晴れない間に、モーゼズは言葉を吐いた。

「今更このような児戯《じぎ》でどうにかなると？」

「……ほう、核爆発によくぞ耐える」

「耐える？　そりゃあ耐えるでしょう。その程度でどうにかなるなら、かつての転生者も、外なる神の討伐という方法も真剣に考えたはずです」

気配からすると、無傷。

まあ、体表の一番外側に張っている障壁は魔法障壁だろうから、魔法とは相性が悪すぎるってなもんだ。

「しかし、耐えるという言葉が出るとは……まさかとは思いますが——」

ようやく少し煙が晴れてきて、やはり無傷。

本当に少しだけ、ひょっとしたらダメージを受けているかもと期待したんだがな。まあ、それはいい。

「貴方達、本当に私に勝てるとでも？」

ははは っ！　と、モーゼズは腹を抱えて笑い始めた。

とことんまで他人を侮蔑した、この世の醜悪を煮詰めて発酵させてクソを混ぜたような――たまらなく不快な笑いだ。

「くはは、ははは っ！　私がどれだけ準備をしてきたと思っているのです？　貴方達のようなゴミクズが私をどうにかすると？　外なる神に対峙すると？　本気ですか？　いや、まあ、耐えるという言葉が出たからには本気だったのでしょうね？」

本当にコイツはトサカにくるクソ野郎だな。

その笑い声を浴びながら、イライラと共に俺様ちゃんは大きく大きく拳を振りかぶる。

そして、マーリンが開戦の合図の言葉を放った。

「よくぞ耐えると言ったのは、このシェルターの……床のことじゃっ！」

「なっ⁉」

俺様ちゃんは煙の中、モーゼズの背後に迫っていた。

このマヌケは、そもそも俺様ちゃん達を警戒もしていない。

――だから、こんな簡単な文字通りの煙幕に引っかかる。

「ここから先は無限に続く泥仕合だっ！　リュートとコーデリアが来ればこちらの勝ちっ！　究極闘

仙術：無限舞踏《エンドレス・マリオネット》っ！」

サイド：量産型《オーヴァーズ》

同日、同時刻。

――神聖皇国郊外、農村地帯。

そこでは、蹂躙が繰り広げられていた。

馬が、兵が、農民が蹂躙されていた。

それに触れた者には等しく死が与えられ、通った道すがらの全てが火にかけられた。

漂う死臭と煙の臭いの中、普段であれば穏やかな農村の道を五百体の武装集団が――全てを破壊しながらひたすらに進んでいた。

「隊長？　神聖皇国の守備兵連中は逃げ出しましたね。そろそろ、本体に伝令が伝わって迎撃に来る頃合いですかね？」

「来ねえよ。得体のしれない連中が猛攻かけてきたら、連中は撤退するだけだ。後は無人の野を行くがごとくって寸法よ」

「まあ、元々、連中は大厄災に呑まれそうになれば即時撤退を決め込んでいたって話ですからね」

そこで隊長と呼ばれた男はニヤリと笑った。

「しかし、ゴロツキや奴隷達の寄せ集め部隊の全員が、Sランク級相当の猛者ってのも笑らえる話だ」

「ええ、我々には神《モーゼズ》がついていますからね。Sランク相当の五百人。このまま世界の制圧もできるんじゃないでしょうか？」

「はは、まあさすがに途中で運悪く出くわしたアルティメットゴブリンには、数十人の被害は出たがな」

「しかし、嫌がる奴隷出身者を前面に出して無理やり戦わせる。元々隊長が率いていた盗賊団連中は安全な後方支援で被害を一切出さない。いやはやお見事な用兵でした」

「こちらも全員がSランク級。玉砕覚悟で疲弊させてしまえばアルティメットといえども数の暴力の前では何もできない。ま、イチコロってなもんよ」

「そうして自分の息のかかっていない人間の数を減らして、相対的に隊長の権力は増加するってわけですね。本当にカシラ……いや、隊長は頭が回る」

「まあ、この世は結局、そういうことができる奴が勝利できるようになっている。確かに俺達はモーゼズの兄貴に拾われた勝ち組だ。しかし、同じ勝ち組でもまた勝ちと負けに分かれるってなもんよ」

「ともかく、神聖皇国の首都ですね。具体的に私達はどういった命令を受けているんでしょうか？」

「皇帝と教皇の一族のみを生かせとのことだ。正式な手続きで権限譲渡が必要なんだとよ」

「そのまま攻め滅ぼしてしまえばいいのでは？」

「人間を進化させて、こんな部隊を作り上げるような神様の考えることなんざ、俺には分からん。『ゆりかご』がどうこう言っていたが、ともかく、命令は絶対順守だ」

「逆に言えば命令さえ守ればそれでいいということですね……つまり？」

と、そこで隊長は下卑《げび》た笑みを浮かべた。

「好き放題だ」

「久しぶりの大暴れですね！　変な施設に閉じ込められて、体中を弄られて……女を抱いたのなんて二年前ですよ！」

「そもそも外に出るのだけでいつぶりだって話だしな」

「ようやく絶対無敵のこの力を好き放題に――欲望の赴くままに使えるってことですねっ！」

そうして二人は顔を見合わせて、何度も何度も嬉しそうに頷き合った。

と、そこで――

「……ん？」

「何だあれは？」

突如として、二人の前に浅黒い肌の銀髪の女と、聖騎士の鎧に身を包んだ――これまた銀髪の女が現れた。

隊長達との距離は三十メートルというところか。

しかし、どうしてこの二人は手をつないでいるのだろうか……と隊長は訝《いぶか》しがる。

「おい副長？　ここまで接近を許す前に気配を感じたか？」

「いえ、突如として現れたかのような――なっ⁉」

そして、女二人が消えて、隊長と副長より少し離れた背後から部下の悲鳴が上がる。

「ははは！　ホンマにウチ等って組んだら無敵やんっ⁉」

「しかし、龍の図書館の司書として採用された私はともかく、まさかアンタがこっち側に転ぶとはね」

二人が再度消えて、そして現れる。それと同じくして、男達の悲鳴が響き渡る。

「がはっ！」

「何だ、突然に土煙がっ！　って、背後にっ⁉　ぐふっ！」

更に消えて、再度別の場所に現れる。

「これは超高速移動……？　いや、瞬間移動！　これは瞬間移動だっ！」

「砂が飛んで――馬の目に入って――馬が言う事を聞かんっ！　って、馬が味方の動きの邪魔にっ⁉」

「避けてくれーっ！　足が滑って手元が狂って剣が勝手に味方に――ああ、やっちまったあああっ！」

隊列の中で、手をつないだ二人が縦横無尽に飛び回る――いや、現れては消えて、現れては人が死ぬ。

しかも、二人が現れると同時に繰り出される超越者達の反撃は、何故かほとんどが同士討ちの恰好となる。

土煙が発生したり、突風が吹いて木の葉が飛んできたり、ぬかるんだ地面で何故かすっころんだりと……銀髪の二人に都合の良いことばかりがおきていく。

「ははっ！　久しぶりの大暴れやっ！」

「瞬間移動と未来演算。まあ、二つ併せればほとんど無敵さね。ところでゼロ？　本当にどうしてアンタはこっちに転んだんだい？　まさか、あの坊やの拳には……綺麗どころを味方に引き入れるチートスキルでも付着してるなんて、そんな腐ったオチはないだろうね？」

「え？　何でウチがこっち側で協力しとるって？　そんなんめっちゃ簡単なことやで？」

「簡単というと？」

「だって龍王はん……めっちゃイケメンやんっ！　ウチは男子禁制の女子校育ちやさかいな！　カルチャーショックの一目惚れやっ！　あのまま転生者とつるんどっても、敗北者の遺伝子は優秀やないってことで粛清対象やしっ！」

「……一目惚れで人生観が変わる……まあ、そういうのもアリだとは思うけどさ」

「ははは！！　ともかく、ウチ等が組んだら無敵やでーっ！」

と、そこで副長が隊長にこう尋ねた。

「かなりの手練《てだ》れのようですが？」

「瞬間移動……それに、もう一人は失踪していた転生者のゼロだ。あの組み合わせであれば、味方ごと範囲魔法で吹き飛ばせばどうとでもなる」

「それでは味方の人的被害は計り知れませんが？」

「かまわない」

と、そこで隊長は更なる新手の気配に、横合いの丘に視線を移す。

そして、そこに見える光景に息を呑んだ。

「アルベール王の旗？　連中は大厄災の処理にてんやわんやのはずだが……？」

ドドドっと馬を駆る軍勢が、超越者の群れに向けて猛突進してくる。

「どうしますか？」

言葉を受けて隊長は笑った。

「連中はせいぜいSランク級数十人程度だろ？　Aランク級もいるとして、俺達をどうこうはできねーよ」

「いえ、ギルドの旗もあります。あれは……グランドギルドマスター直轄のようですよ……？」

「どういうことかは分からんが、ギルドが戦力をかき集めたとしてもSランク級はやはり数十人程度だ」

「いや、それだけじゃない……勇者の姿も見えます」

「オルステッドにプラカッシュ……？　オルステッドと言えば……」

「SSランク級ですね。プラカッシュもSランク級最上位……並じゃありません。しかも、恐らくは連中の一番槍である……あの銀髪二人組のせいで我々はパニック状態……」

と、その時、今まで余裕の表情を見せていた二人に明らかな狼狽の色が走った。

「あれは……不味いな」

「龍……ですと？」

言葉の通り、アルベール王の軍勢、ギルドマスター、そして勇者の頭上に巨大な龍が舞っていた。

そして――虹色に輝く、一際美しい、巨大な龍の姿もあった。

「いや、龍だけじゃねえ。アレは……あの真ん中の虹色の奴は……もっとヤベえもんだ」

「……まさか龍王？」

「ああ、間違いねえ。神龍皇とも呼ばれる御伽噺の世界だぜ」

二人はそこでゴクリと息を呑んだ。

「カ、カ、カ、カ、カシラっ！　だから言ったんだ！　あんな胡散臭い眼鏡野郎を信じるなって！　俺達だけトンズラしようって……施設に連れていかれる前夜に言いましたよねっ!?」

「喋り方が昔に戻ってるぞ！　モーゼズの兄貴の親衛隊にふさわしい喋り方をしろとあれほど――」

「やかましいっ！　このままじゃ俺達全滅だっ！」

「いや、まだ分からんだろうが！　神龍皇が単体でどこまでの力を持っているかはしらんがこっちは五百――」

「う、う、う、うわあああーーーっ！　他にも龍が！　龍がいっぱいきてるーーっ！　百体くらいきてるーーっ！」

「あー……こりゃあ本当にダメかもしれんな」

「だから俺は言ったんだ！　あの時に言ったんだ！　トンズラしましょうって言ったんだ！」

「過ぎたことを言ってんじゃねえっ！　仲間内で割れてる場合かっ！」

そうして、そんな二人のやりとりには構わず、大空を舞う覇王が――上空の龍王が――龍特有の重低音で命じた。

「――さあ、蹂躙の時間だよっ！」

サイド：リュート＝マクレーン

「ラストおおおっ！」

最後の一撃がコーデリアの鼻柱に突き刺さった。

時間にして数十分。叩き込んだ打撃の数は俺のＭＰから逆算して五十万以上。

頭痛を感じた瞬間、バックステップで距離を取る。ったく、ＭＰ枯渇の頭痛なんて拡張をカンストさせた時以来だぜ。

「しかし、ここまでやって無傷とはな」

途中からは反撃を諦めて、ただただ為されるがままに殴られていたコーデリアだった。

だがしかし、結局のところは絶望的に火力が足りなかった。

そして、コーデリアは俺の攻撃手段がなくなったことを察し、クスリと笑った。

勝ちを確信したのか、ゆっくりとした動作で、俺の連打の最中に取り落とした剣を拾い上げる。

と、そこで――リリスがポンと俺の肩に手を置いた。

「……もういいリュート。所詮、人が魔人に抗おうなぞ……無理がある」

「リリス？　何言ってやが――るっ⁉」

振り向いた瞬間に、リリスはニコリと笑って俺に口づけをした。

「……リュート。これは賭け。身をゆだねて欲しい」

そうして、俺の口の中に舌が入ってきた。

ちょっと待て、リリスが何をやっているのかサッパリ分からん。

いや、待てよ？　俺が魔人になるには……リリスに演算術式を任せている関係上、濃厚な接触をすれば効率はいい。

――と、なるとキスで？

なるほど、確かにリリスとのリンクは今までで一番のしっかりとした強固なものを感じる。

でも、それで本当に俺は魔人になれるのか？

いや、だからこそ賭けか。リリスの言う賭けとは……そういうことか。

確かに、リリスの言う通りにこのまま再度の無限連打を仕掛けても、ラチがあかないだろう。

そして、俺は仕方がないので文字通りにリリスに身を任せる。

舌が絡まりあい、頭がすぐにトロンと溶けそうになる。

甘い香りにドキリとして、瞼を閉じるリリスに女を感じる。

――出会った頃はあんなにちんちくりんだったのに……いつのまにかコイツも女になってたんだな。

しばらく俺の舌を舐りまわし、リリスが口を離すと――若干の名残惜しさを示すように、俺とリリスの唾液の糸が、舌と舌の間に橋を作った。

そしてすぐに、心臓にドス黒い何かが流れ込んでくるのが分かった。

背中に魔人化の象徴である、オーラの黒羽が像を結ぼうとしているのも分かった。

だが――

「リリス。やっぱりダメだ」

俺の言葉にはとりあわず、リリスはコーデリアに向き直った。

「……今の光景が悔しいか？　コーデリア＝オールストンっ！」

おい、待てリリス？

お前……本当に何がしたいんだ？　何を言っているんだ？

「……魔人を統べる能力だと？　馬鹿にするなっ！」

そうしてリリスは俺の右腕に、両手でしがみつくように絡みついてきた。

「……リュートと私は切っても切れない関係だ。私がいるからリュートは最強であり、リュートがいるから私は生きる意味を見出せるっ！」

続けざま、リリスは挑発するようにコーデリアに対して薄い胸を張った。

「……私達の絆はお前ごときでは裂けやしないっ！」

そうしてリリスは今度は俺に、触れているだけの口づけをした。

「……再度問う、悔しいか？　コーデリア＝オールストン？」

胸を張り、睨みつけ、怒りと共にリリスは言った。

「……言え、悔しいと言えっ！」

と、そこで俺はゴクリと息を呑んだ。と、いうのも――

――リリスが泣いていたんだ。

「……さあ、いつものように私と醜く口喧嘩をしろっ！　ここで悔しいと言わない奴は、何も思わない奴は――私は恋敵だとは認めないっ！　ライバルだとは認めないっ！　お前のリュートに対する思いはそんなものかっ⁉　いいのか⁉　私が全部奪ってしまうぞっ⁉」

涙を流しながら、なおもコーデリアに言葉を続ける。

「……私はお前が嫌いだ」

ようやく、俺はリリスの意図が分かった。

コイツは、コイツなりの方法でコーデリアを説得しようとして……。

「……幼馴染というだけで、妹に似ているというだけで、リュートの特別でありつづけたお前が嫌いだ……まだ、私はお前にぶつけたりない。罵倒の文言なら掃いて捨てるほど出てくる。いくらでもバーゲンセールで売ってやる」

そして、「だから――」とリリスは最後に大声で叫んだ。

「――戻ってこい！　コーデリアっ！」

リリスの慟哭の叫びの終わりと共に、コーデリアの口からがポツリと言葉が出てきた。

「……コロス」

今……喋ったのはコーデリアだよな？

俺の心の問いかけにこたえるように、コーデリアの口から洪水のように言葉が溢れだした。

「……コロスコロス、コロス……殺してやる！　殺してやる殺してやる殺してやるっ！　殺してやる殺してやる殺してやるっ！　殺す殺す殺す——殺す殺す殺す殺す殺す殺す殺すっ！　必ず殺す、八つ裂きにして殺す、何があっても殺す、命令通りに絶対に殺すっ！」

そして、それと同時に俺の体をドス黒いオーラが包み、背中から六対の黒い翼が飛び出してきた。

「……おいおい……魔人化ってマジかよ？」

リリスは大きく頷いて、そしてやはり薄い胸を張った。

「……ずっと考えていた。コーデリア＝オールストンは洗脳下にある。洗脳とは精神的なもの。ならば、心を揺さぶれば……必ず隙ができる。私とコーデリア＝オールストンのリュートを思う気持ちは一緒。だから、分かる。さっきの行動で必ず動揺すると。貴女の心が揺れない訳がない」

俺はリリスの頭に掌を置いて、そうしてコーデリアに向き直った。

「でかしたリリス。やっぱりお前は俺の最高の相棒だよ。お前の一撃、確実にコーデリアに響いた。それと……さっきの直接のリンクもガッツリ効いてるみたいだ」

「……リュート？」

「何だ？」

「……もしもこの戦いが終わった後、まだリュートが消えるまで時間があるなら……ご褒美にたくさんキスをしてほしい」

「ああ、もうこうなりゃ俺もバーゲンセールだ。唇が腫れ上がるまで付き合ってやる。だから、お前は絶対に死ぬな」

「……うん、約束」

「さあ、第二ラウンドだコーデリアっ！　仙気吸収っ！」

急速にＭＰが補充されていく。充填率は概ね三割ってとこか。

しかし――そこでＭＰの補充が途絶えた。

「……リュート？」

異変に気付いてリリスが不安げに尋ねてくる。

「どうやら劉海も派手にやってるようだな。ここいら一帯の大地の気が完全に枯渇してるみたいだ」

「……大丈夫？」

リリスの言葉に首肯する。

三割もあれば十分だ。いくら殴っても効果はないのはさっきので確認済み。

なら、決着の時はおそらく一瞬。打てる手はあと一つしかない。

そうして、握っていた拳を開いて、俺は剣を抜いた。


――対峙するは魔人と魔人。

リリスのおかげで、勝機が見えた。

——なら、俺はこの一撃に全てを賭ける。

「リリス！　演算は任せたっ！」

俺がコーデリアに向けて大上段に剣を構えて飛び掛かった時——

——横合いに猫の獣人の姿が見えた。

「ははは！　これは予想してなかったかにゃ？」

まさか……ここにきて二人掛けだとっ⁉

獣人から合計十のナイフが飛んでくる。

洗練された攻撃で、冒険者ギルドランクに換算するとＳＳってところか。

しかし、今更そんな攻撃では魔人と化した俺はダメージは受けねえ。

いや、違う。

今の投げナイフは俺の気を引く囮？

ナイフを投げた後も、なおも獣人はこちらに突撃してくる。

コイツ……俺にまとわりつこうと……タックルをして抱き着こうとしてんのか？

「一瞬でも動きを止めればそれでコーデリアにゃんの勝ちにゃっ！」

つまりは、そのまま、自分ごと俺を刺せと？

こいつもモーゼズに洗脳でもされてやがんのかっ⁉

コーデリアと俺の距離差は互いに間合いに入る直前。

この獣人自体はこの領域の戦闘では大したことはない。でも、タックルを食らえば俺に隙が生まれるのは確実だ。

そして、それを見逃すコーデリアではない。

「……全く、ここまできて小細工ってか？」

と、そこでさらに横合いから――ギルドマスターのオッサンが飛んできた。

ドーンと衝突音。

オッサンが大盾で猫を吹き飛ばして、そのまま猫を追って走っていく。

「リリスの嬢ちゃん！　魔法でこの猫にトドメを――」

「……私は全力でリュートの魔人化の演算中。悪いがどうにもならない」

「なら、アッシがこの猫を止めますわっ！　リュートさん！　帰ったら酒でも一杯おごってくださいやっ！」

動きは止めずに、そのまま俺はコーデリアに突進を続ける。

既に互いに互いが必殺の間合い。

「ああ、財布が空っぽになるまで飲んでいいぞオッサンっ！」

うん、そうだよな。

俺は一人じゃない。仲間がいる。

「さあ、これで閉幕だっ！　コーデリアっ！」

だから、俺はみんなが作ってくれたこの勝機を絶対に逃さない。

——ここで決めなきゃクソだろ？

——なあ、飯島竜人……っ！

——いや、リュート＝マクレーンっ！

サイド：ギルドマスター

——その昔。

俺は世界を救うヒーローになりたかった。

それは恐らく、少年の誰しもが思うことだろう。

——そんな少年に現実を教えたのは、剣術道場の先生だったり、あるいは冒険者ギルドの先輩だったり。はたまたそれは、才能に恵まれた者の場合は、超高ランクの魔物という壁だった場合もあるかもしれない。

——

色んなことに折り合いをつけて打算して、そして生活するために必死に剣を振って。そして俺は

――ひょんなことから人生がおかしくなって……思えば遠くにきたもんだ。

何しろ本当に、世界を救うその場に俺は立ち会っているんだからな。

で、今、俺に託された仕事は時間稼ぎ。

この一年、血の小便をして、反吐をはいてまで体を鍛えたが、最後の最後まで戦力外。

ははは、本当に笑えねえ話だ。

――だが、そのおかげで――この極限の世界で――時間稼ぎ程度はできるようになった。

「なあ、そこの獣人？　あんたは洗脳されてる訳じゃねえんだよな？」

ナイフが飛んでくる。

リュートさんなら簡単に払いのけたり、避けたり、あるいは魔人化してたら食らってもノーダメかもな。

だが、俺にとっちゃあ、あまりにも重く、速く、鋭い攻撃だ。

本当に情けないことに、まったく見えない。

ただ、アタリをつけて大盾で……確率論で防ぐことしかできない。

「どうしてそんなことを聞くのかにゃ？」

言いながら、猫の獣人は俺に再度ナイフを放ってきた。

大盾で一本防いで、もう一本が肩口に突き刺さる。

「どうしてモーゼズみたいな奴に付き従う？」

「……言っても分からないにゃ」

獣人は俺の周囲を飛び回り、次から次に四方八方からナイフが飛んでくる。

一体全体、どこにそんなにナイフを隠してやがるんだ？

肩、太もも、右手に次々と刺さっていく。

右の中指が……ポトリと地面に落ちた。

ああ、痛い、血がドバドバ流れて……本当に笑えてくる。

くっそ、本当にどういう役回りなんだよ。なんでこんなことになってんだよ。

理由なんてわかってる。全部――

――全部……リュートさんに出会ったのが諸悪の根源だ。

「凄いにゃ……三十六の刃を全て受け切ったにゃ？　なるほど、お前もやるみたいにゃ」

そうして獣人は懐からやはりナイフを取り出した。

ただし、飛び道具としては使わずに、今度は周囲も飛び回らずに、一直線に俺に向けて。

どうやら、遠距離は打ち止めってことらしい。

しかし――速いっ！

盾を構えて懐に入り込まれるのを防ごうとするが……気が付けば背後を取られていた。

「ゴフっ！」

背中を刺された。多分、腎臓がオシャカになった。

そのまま俺は地面に膝をついて、そのまま――

――最悪だ。バックマウント取られちまった。

「でも、あの日に救われた私の……モーゼズにゃんを、主君を想う思いが負ける訳がないにゃ」

背中から馬乗りになられて、ナイフでの滅多刺し。

死んだなこれは……内臓に刃が何度も通っているのが分かる。でも、これは――

――分かっていたことだ。

例えば、この世界がもしも物語であれば、俺は主役にはなれない。その器じゃない。

だから、俺の命は紙より薄い。

そんなことは、分かっていたことだ。

だけど――

「……肝臓、腎臓……そして片肺。もう終わってるけど、次の心臓で本当に終わりにゃ」

「な……るほ……ど、お前さん……も俺……と同じ……か」

盾から手を離し、うつ伏せから仰向けに無理矢理に体勢を変える。

これでバックマウントを脱した。まあ、まだマウント取られてるけどな。

「何故――動けるにゃ？　致命傷、いや、生きてることが不思議――」

ナイフを持った猫の腕を掴んで、そのまま立ち上がる。

「お前……が言った……んだ……ろ？　主君を……想う思い……負ける訳……ないって」

そうして俺は猫の背中に両手を回し、力の限りに締め付ける。

――いわゆる、サバ折りの格好だ。

「なら、俺……そういう……こと……なら絶対……負けられ……ねえ。お前……その言葉……出さなきゃ……俺……そのまま……こと切れてた……」

血達磨どころじゃねえ、満身創痍どころじゃねえ。

足元の血だまりも半端じゃねえ。

血が足りてなくて頭もフラフラで、自分でもどうして動くことができているのか分からねえ。

だが、負けられねえ。

俺は絶対に負けられねえんだ。

「な、な、何だにゃっ⁉　何なんだにゃお前はっ⁉」

俺は世界を救うヒーローになりたかった。俺は、物語の主役にはなれなかった。

——剣術道場の先生も、冒険者ギルドの先輩も、超高ランクの魔物も。

その誰しもが俺に敗北は与えた。現実との折り合いという打算も教えてくれた。

でも、俺の根っこの……その夢だけは全員が俺から奪うことはできなかった。

だから、俺はそんな子供心を諦めなかったからリュートさんに惹かれて、ここにいる。

——世界を救うヒーローであるリュート＝マクレーンに出会い、そして、その助けをすることができる。

——なら、俺もまた世界を救うヒーローの一員だ。

——俺の夢は、今、叶うっ！

「負けられねえっ！　飼い主を思う気持ち——下っ端の矜持だけは誰にもなっ！」

「ガ、ガ……ガブファっ！」

そうして、俺はあらんかぎりの力を込めて、獣人を締め上げる。

思った通りにコイツはスピード特化型だ。懐に入りこんじまえば、パワーの差は歴然だ。

さあ、内臓吐き出すまで付き合ってもらうぜ——死の抱擁だっ！

サイド：コーデリア＝オールストン

——白馬の王子様の夢を見ていた。

——子供のころからずっといると信じていた私の白馬の王子様。

——大人になるにつれて、やっぱりそんなものはいないと気付いて……アマンタの時に、やっぱり白馬の王子様はいるって思って……。


あれ？

白馬の王子様って誰のことだったんだろう。

子供のころにはやたら大きな背中に見えて、お互い子供じゃなくなって、村人と勇者になって……

やっぱり背中が小さく見えて。

けれど、いつのまにかやっぱりソイツの背中は私なんかよりも……とても大きくなっていて。

まあ、そんなことはどうでもいいか。


——闇の中。

まどろむ景色、ぐにゃぐにゃの地平。ふわふわの床。

私は寝心地のいい床で丸くなって寝ころび、ただただ倦怠感の中で浅い眠りについていた。

休日の……冬の日の朝方のベッドの中のような。そんなぬるま湯の中、何だか気分はすごい変。

自分の中で色んな感情が渦巻いているけど、でも、何だか全部がどうでもいい。


——だから——戻ってこい！　コーデリアっ！


その声がヤケに頭に響いて、私は片目を開いた。

——何でリリスはいつものように私をコーデリア＝オールストンとフルネームで呼ばないの？

——何で泣いているの？　ひょっとしたら、リリスは私のことを友達だと思っていてくれたのかな？

——あれ……どうして、私はリュートと戦っているのかな？

ぼんやりとした意識の中、恐らく戦況は煮詰まっていると他人事のように思う。

今、リュートは私に最後の一撃を仕掛けてきている。それで私はその攻撃を避けるなり防ぐなりする……まあそんな感じ。

リュートの動きは遅いし、焦る必要もおびえる必要もない。やっぱり寝ててもいいのかな？

リュートを一刀のもとに切り捨てる。ただ、それだけですべてが終わるんだから。

――ねえ、どうしてリュートは傷ついているのかな？

リュートの頬から垂れる血が見えて、そんなことを思いながら両目を開いた。

――ああ、そうか。

私はリュートよりも強くなっちゃったんだね。

うん、やっぱりリュートの攻撃が遅い。魔人化してるのに……私のほうがよっぽど速い。

こんな攻撃なら片目をつむっていても避けられる。

はは、嬉しいなあ、やっと、やっと私はリュートよりも強くなれた。

追いかけていた、大きな大きな背中を追い越すことができた。

――でも、どうしてだろう？

ずっとずっと追いかけていた背中なのに、追いついたというのにすごく悲しい。

――白馬の王子様はいない。やっぱりそんなものはこの世にいなかったんだ。

その事実が、多分悲しい。

ピンチの時に現れて、どんな奴でも余裕しゃくしゃくでぶっ飛ばしてくれる、そんな男はやっぱり存在しなかった。

リュートからの大上段打ち下ろし。

ヒノカグツチで受けて、そして流す。

そのまま、剣を流されて体勢を崩されたリュートに向け、今度は私が大上段に剣を構える。あとは、振り下ろして終わり。

でも……と私は思う。涙を流しながら、思う。


――けれどやっぱり、私の白馬の王子様は存在するんだ。


無敵でなくてもいい。

最強でなくてもいい。

ただ、私の隣にいてくれればいい。私と一緒に笑ってくれればいい。

それだけで、貴方は私に幸せを運んでくれる――私の白馬の王子様。

「……リュート。私を斬って」

口から言葉が自然に出ていた。

あれ？　腕が動かない。足が動かない。どうしてなのかな？

ああ、そうか、私は私を止めているんだ。うん、そうだよね、リュートを斬っちゃいけないよね。

私は、本当はそんなことは望んじゃいない。

リュートに勝ちたくなんかない。

リュートよりも強くなりたいなんて思っちゃいない。

だって、私は、リュートに並びたかっただけ。

リュートに対等な立場で頼ってほしかっただけ。同じ立場で戦友として、対等に。

——けれど、最後の最後までコイツは私を対等だとは認めてくれなかった。私の気持ちなんて考えずに、いつもどおりに好き勝手に……私はコイツのそういうところが大嫌い。

リュートの剣が迫ってくる。

そうして、カウンターで私の打ち下ろしがリュートの肩口へ。

——私が私を止めることができるのは、今、さっきの一瞬が限界。だから、リュートは私が作った一瞬の隙で……そう、この一撃で決めないといけない。

そして、リュートならそれができる。

神殺し《エクスカリバー》なら、それができる。

人魔皇に張り巡らされた絶対防御、けれどそれは外なる神とは違い不完全なものだ。

しかも私の意識が強く出て、障壁が弱っている今なら……エクスカリバーなら通るはずだ。

——二つの剣刃が光に煌めく。

うん、大丈夫。リュートの攻撃のほうが速い。

そして、私の頭にリュートの剣が触れて、後は私の頭が吹き飛んで、それで終わり——

——が、頭が吹き飛ばずに、防御障壁に触れた瞬間、剣が溶けて、朽ちて、壊れた。

え？　どうして？　勇者の聖剣程度の武器ならいざしらず、リュートのエクスカリバーが？

同時に、私のヒノカグツチがリュートの肩口を大きく切り裂き、ドサリとリュートはその場に倒れた。

と、そこで私は気づいた。

リュートはエクスカリバーじゃなくて、私の……勇者の聖剣を使っていたんだ。

「聖剣は魔法を打ち消す効果がある。魔法が不得意な剣の勇者……コーデリアにはうってつけの武器だ。だから、洗脳《ブレインジャック》のスキルを打ち消すのに有効かと思ったんだが……」

この馬鹿……。

これだけの実力差があるのに、最初から最後まで私を傷つけるつもりはなかったってこと？

今、さっきの瞬間が私を仕留めるラストチャンスだって分かってたはずなのに。

どうにかして、エクスカリバーを抜くことだってできたかもしれないのに、その素振りもなかった。

勇者の聖剣の効果に賭けたにしても、根拠は薄いはず。

私を傷つける方法の方が、この場を収める可能性は桁違いに高いのに。

——でも、コイツには最初から私に血を流させる選択肢なんて……最初から最後まで欠片も無かったんだ。

そうしてリュートはお手上げだとばかりに、力なくため息をついた。

「瞳に色は戻ってない……か。聖剣でどうにかなると思った俺がやっぱり甘かったかな」

と、そこでリリスが口を開いた。

「……いや、リュート……通った……かもしれない」

リリスの言葉通り、私はその場で停止した。

けれど、動けと、頭の中からリュートを殺せと指令が飛んでくる。

でも、できるはずがない、そんなことはできるはずがない。

だって、私は思ったんだ。いや、結論を出したんだ。

——確かに、コイツは自分勝手で何でも決める。そこが私は大嫌い。

あの時もあの時もあの時も、何でもかんでも一人で決めて、私には隠し事ばっかりで。

だから、私はコイツに一目置かれたかった。

——私は、勇者なんてご立派なもんじゃない。

私は、リュート＝マクレーンを世界で一番愛してる……ただそれだけの哀れな女だ。

そして、今、私はようやく気づいた。私はこいつの自分勝手なところが嫌い。


——でも、大好き。


自分勝手だからこそ、コイツはリュートなんだ。

コイツは、私のことを大事に思ってくれているから、私には何も告げずに、一人で突っ走ってしまうんだ。

勝ち負けで言えば、私の負け。どう考えても、こんなロクデナシに惚れた私が悪い。

——だから、私は負けを認めよう。

惚れた弱みに付け込まれ、コイツの全てを肯定しよう。

「おい、コーデリア？」

「……いくら私を傷つけたくないからって、自分が死にそうになっててどうすんのよ……この馬鹿」

「戻ってきたんだな？」

「多分……ね」

そうして、気がつけば私は大泣きに泣いて、リリスの回復魔法の優しい光に包まれるリュートを抱き起こしていた。

サイド：リュート＝マクレーン

リリスの回復魔法を受けて、俺は立ち上がった。

魔人状態は再生能力も高いしやたらとタフだ。おかげさまで体は万全だ。

だが、懸念はＭＰ残量は変わらず三割ってところかな。

「一件落着みたいだが、まだ厄介なのが残ってる」

「うん、早くいかないと駄目。相手はモーゼズ……いや、外なる神よね？　人魔皇である私なら、少

し は戦えると思う」

そうして俺とコーデリアは大きく頷いた。

「ああ、全員でかかればやれんことはないだろう。これで正真正銘の最後だ」

先ほど、猫の断末魔の叫びが聞こえてきたのは確認している。

俺はコーデリア奪還の立役者でもあるオッサンに声をかけた。

「さあ、いくぞオッサン」

返事がない。

おかしいなと思って、ゆっくりとオッサンに向けて歩を進める。

「……オッサン？」

猫と抱き合うようにして倒れているオッサン。

刺されまくっている満身創痍の体を見て、俺は息を呑んだ。

「おい、嘘……だろ？　リリス！　すぐに回復魔法をっ！」

そこでリリスはフルフルと首を左右に振った。

「……リュートに回復魔法をかける前に既に検証済み。戦いの最中にギルドマスターはこと切れていた。回復魔法では死人を生き返らせることはできない」

「オッサンっ！」

オッサンを抱き起こし、脈を測る。

生命のシグナルは一切確認できない。

「終わったら俺のオゴリで飲むんだろっ⁉」

強く肩を揺らすが、オッサンは答えない。

しばらく俺はオッサンの肩をつかんで――そして何もかもが手遅れなことに気づいてその瞼を閉じてやる。

「悪いオッサン。今はここに置いておくことを許してくれ。後で……一緒に帰ろうな」

俺の言葉にコーデリアが沈痛な面持ちで問いかけてきた。

「ねえリュート？」

「何だコーデリア」

「アンタさ、この戦いが終わったら消えちゃうんでしょ？　後で一緒になんて……そんなこと約束しちゃっていいの？」

「……」

「……」

しばらく互いに向かい合い、コーデリアの責めるような視線に、俺は首を左右に振った。

「……時間がないんだ。モーゼズを倒せば全てが終わる。今、方法論について問答するつもりはないぞ？」

「いや、そうじゃない。だって私は……アンタの決断も含めて、全てを受け入れるってそう決めた。アンタのワガママな突っ走りは今に始まったことじゃない。それも含めてアンタなんだって……それが分かったから」

「……」

「ねえリュート？　だから、行こうっ！」

コーデリアは俺に向けて、悲しげだけど、確かな笑顔を作る。

そうして右手を差し出してきて――

「最後の時まで、手をつないで、一緒に行こうっ！」

俺はコーデリアの掌をつかんだ。

そして、俺もニコリと笑う。

「ああ」

俺達は駆け出した。

モーゼズのところに、一直線に。

遠い日の記憶、幼いコーデリアと一緒に手をつないで、野原を駆け回ったあの時を何故か思い出す。

けれど、コーデリアの顔はあの時とは違い、涙に濡れている。

でも、その顔は、泣きながらも――やっぱり記憶と同じく笑っているところは一緒で――まるで梅雨の狐雨《きつねあめ》の日に咲く紫陽花《アジサイ》のように眩しかった。

ラストバトル

"I am a villager, what about it?"

Story by Arata Shiraishi, Illustration by Famy Siraso

「古代闘技場《コロッセウム》ってか。方舟に始まりミケランジェロ、で、最後はコレ……本当にどこまでも趣味の悪いクソ眼鏡だな」

呆れながら軽く笑った後、俺はマーリンに問いかける。

「で、戦況はどうなっている？」

「見ての通りじゃ。劉海が時間稼ぎで踏ん張っておるが……ダメージは一切与えられずに無傷じゃ」

「ま、そうだろうな。俺もコーデリアの硬さには舌を巻いた」

「で、どうすんのよリュート？　モーゼズには私みたいに説得なんて通用しないわよ？」

「アレの絶対防御の理屈は人魔皇と同じ、対物理障壁に対魔法障壁、そして物理魔法混合障壁。都合三層となる」

「だから、どうすんのって聞いてるんだけど？　そもそもの対策では龍王様も含めてリュート、マーリン様、劉海師匠、リリスで障壁を突破って話でしょ？」

「龍王はいないが、代わりにコーデリアが人魔皇となった。この場で外なる神に通用する攻撃力を持っているのは予定通り五人だ——やることは変わらねえ」

俺、コーデリア、マーリン、劉海、リリス。

足止めしている劉海を除いた三人に一人ずつ視線を送り、そしてギュっと拳を握る。

「人魔皇は想定外だったが、アレへの対策は当初から万全だ。アレは地上兵器で、空を飛ぶことはできねえ。劉海に好き放題にボコボコにされている今なら、打ち上げることは容易いはず」

「うん、それで？」

「上空に打ち上げてしまえば、陸《おか》に上がった魚と一緒で何もできねえ。なら、宙に浮かんでいる間に──それぞれの渾身の一撃で防壁を抜く」

そうしてパンと掌を叩いた。

「すぐに防壁の穴は塞がるはずだ。タイムロスはほとんど認められねえ──」

そのまま全員が外なる神──モーゼズに対して駆け出した。

「刹那の隙間を……一気に畳みかけるぞっ！」

劉海に声が届く範囲まで来たところで、あらん限りの大声で最後の指針を全員に伝える。

「物理は劉海とコーデリア！　魔法はマーリンとリリスっ！　ガードを破壊してガラ空きになったドテっ腹に──ラストは俺が決めるっ！」

物理に魔法、共に師弟……か。上手くできた話だな。

そうして俺はコーデリアにアイコンタクトを送った。

「初手はコーデリアが決めろ！　高く高く打ち上げるんだっ！」

言葉と同時にコーデリアの剣に炎が宿る。

次にドス黒いオーラと、神聖な銀色のオーラが右手と左手それぞれに宿る。

闇と光。

なるほど、これが人魔皇の力か。

魔王と勇者の力を併せ持ち、聖人でもあり、そして悪魔でもある——システム上の絶対の強者。

「さあ、行くわよ——っ！」

これは、ただの闘気を乗せた下段からの切り上げ。


——されど、人魔皇なれば、その渾身の一撃こそが必殺。


外なる神の一番目の障壁、魔法障壁を貫く。

ドズシャアアアアアっ！

けたたましい音と共に、物凄い速度で上空にモーゼズが打ち上げられていく。

打ち上がった距離は目測千メートルというところだ。そして、モーゼズが地面に落ちてくる前に、全てを決める。

「——次、お願いしますっ！」

「うむ。既に練り上げておる……準備万端という奴じゃ」

マーリンの全身に静かなる蒼の炎が宿る。

ビリビリと側にいるだけで感じる圧倒的な破壊の波動。

炎は杖へと流れ、そして一点へと収束していく。

そこで、無限舞踏《エンドレス・マリオネット》から解放された劉海が、疲れた表情でマーリンに歩み寄ってきた。

「本当に人使いが荒いのな。俺様ちゃんはクタクタだってのに」

「お主以外には任せられんのじゃから仕方ない」

そうして二人はにこやかに右手を挙げて、パシンとハイタッチを交わした。

「思えば……長い付き合いだったな。まあ、最後の最後にテメエとセットで共同作業ってのも悪くはねえか」

「ああ、そうじゃな。魔法学院のヒヨコの時から一緒じゃからな……」

そうして、二人は落下途中のモーゼズに向けてギロリと鋭い眼光を放った。

「お次は魔法と物理のハイブリッド混合魔法。物理でも抜けねえし、魔法でも抜けねえっ！　なら、どうするか――！」

「こうするのじゃっ！」

マーリンはその場に屈み、劉海の背中に魔法を放つ。

「大爆破《ニュークリアーバースト》！」

爆発魔法で加速度を得て、上空に打ち上げられた劉海はモーゼズに向けて渾身の右ストレートを放った。

「俺様ちゃんが殴ったところで――」

「禁術：創造の原初《ビッグバン》っ！」

大爆発。

否、超爆発。

流石に爆発特化の本家本元の魔界の禁術使いの術はリリスの比じゃねえな。

あんなの喰らったら魔人化している俺でもヤバい。

で、そんな魔法に巻き込まれても……このクソジジイは無傷なんだよな。

「魔捨てを使用した俺様ちゃんに、魔法は効かねえっ！」

そうしてモーゼズに蹴りを入れて、笑い声と共に劉海は明後日の方向に飛んでいく。

「これぞ物理と魔法の二重構造――奇跡の人間大砲！　ははは－っ！　本当に仙術は最強だZEEE！」

そこでコーデリアと俺、互いに同じ師を持つ二人は肩をすくめた。

「もう、あの人達は本当に何でもありの無茶苦茶ね」

「いや、まあ……明るくていいんじゃねーか？」

「アンタは半年くらいで逃げ出したんだっけ？」

「学ぶことは学んだから消えただけだ。一緒にいたら暑苦しいしな」

「私はアレと一年よ？」

「……そりゃあご愁傷様」

そうして俺達は顔を見合わせて笑ったのだった。

サイド：リリス

「……二層の防御障壁の消失を確認。次は任された」

体内の魔力は既に錬成されている。

後は、最終確認を終えて、トリガーを引くだけ。ただそれだけだ。

——結局、リュートにもコーデリアにも……マーリン様にも劉海にも力では私は足元にも及ばない。

でも、それでいい。

私はリュートの右腕。任せられたのは一番突破が容易な最後の壁——対物理防壁。

だけど……これは要。

私がしくじれば全ては水泡に帰す。

ならば、リュートの右腕として、この一撃を任させる程度の力があればそれで良い。

ゆえに、与えられた仕事は滞りなく完遂しよう。

――だからお願い、父さん。力を貸して。

額の第三の瞳が開く。そして父さんの声が頭に響いてきた。


――リリス？

――父さん？

――辛い恋をしているようだね。どの道、彼は消えるというのに。

――ふふ。

――どうしたんだい？

――辛くはない。これは至福。愛するリュートに全てを捧げる。たとえ報われなくても、それだけで私は幸福。

――人はそれを辛い恋と言うんだよ。

――違う父さん。

――どうして違うんだい？

――愛の可能性は無限大。たとえ報われない恋でも、必ず報われる。

――必ず……報われる？　それはどうして？

――理由などない。何故ならこれは理屈ではないから。リュートを愛した分だけ私は必ず報われる
――だから頑張れるっ！　何がどうなろうと、たとえ恋が破れようと――最後に精一杯恋をしたと、

後で笑うことができるのならば、自己満足で私の勝ちなのだからっ！

――はは、そこまで言い切れるなら上等だ。ねえ、リリス？

――何？　父さん？

――いい恋をしているようだね。


「……そう、私は絶対に後悔をしない。リュートを愛したことを後悔したりなぞしないっ！」

そうして、私はモーゼズではなくコーデリアを睨みつけながら、私の全力を放った。

「……究極核熱咆哮《アルティメット・ドラグズ・ニュークリアー》！」

爆炎と共に魔術的シグナルを確認。

まあ、当然の結果だと思う。何故なら、愛の可能性は無限大なのだから。

「……全ての防御障壁の消失を確認。さあリュート、これで対象は丸裸」

そうしてリュートの肩をポンと叩いた。

「……対象の完全消失の遂行を希望する」

サイド：リュート＝マクレーン

完全落下まで残り百メートル。

俺はモーゼズに向けて全力の跳躍で——跳んだ。

空中でモーゼズと目が合い、奴はニヤリと笑った。

「……ここまでやるとは思いませんでした。しかし、外なる神には最後の防壁があります。それは外なる神の肉体そのものです」

「んなことは知ってるよ」

丸裸になったとは言え、これは自律稼働兵器。

数千年、あるいは数万年、いや、悠久に近い時間をメンテナンス無しで動くことを前提としている。

つまり、その肉体そのものも究極のタフさを備えているんだ。

「魔人の力でも一撃で削り取ることはできませんよ？」

「さあ、どうだろうな？」

そうして俺は空中で振りかぶる。

そして、振りかぶって振りかぶって振りかぶって——全ての力を拳に込める。

「これが俺のもてる最大火力の技――」

そのまま放たれるは渾身の右ストレート。

俺の拳は確かにモーゼズの腹部を捉えた。


「――スキル：村人の怒りっ！」


一点に集中された魔力がモーゼズの腹部に炸裂し、そのドテっ腹に大穴が開いた。

「グブファっ！」

モーゼズは数十メートル斜め上方に吹っ飛んでいき、俺もまた落下軌道に乗る。

そのまま俺は落下し、地面にスタっと着地した。

と、そこで――

「はは、ははははっ！　ここで……莫大なＭＰを背景にした村人のクソスキルを使ってくるとは思いませんでした。良くぞやりました、ええ、善くぞここまで私を追い詰めましたよっ！」

カンに障る笑い声と共に、モーゼズは再度地面への落下軌道へと移行する。

「しかし、腹に穴を開けただけ。こんなことで外なる神を滅することなどできないっ！　すぐに全ての障壁は再生します。完全に消失させることのできなかった貴方の負けです！」

「ああ、そりゃあそうだろうな。だが勝つのは俺……いや、俺達だっ！」

既に手はず通りに、全員が俺の背後に集まっている。

「……リュート。これで本当に最後の一撃」

「リュート、俺様ちゃんは必ずできると思っている。だから、ここで決めろ」

「ほんに長かったが……ハッピーエンドでお願いするぞ」

一人、また一人と俺の背中に掌を押し付けていく。

「結局、アンタが世界を救う勇者様になってんじゃん。まあ――それでいいけどさ」

そうしてコーデリアは儚げに笑って、俺の唇に自らの唇を重ねた。

「お、お、おい、コーデリアっ⁉」

「リリスとのアレ、ちゃんと覚えてるから。許してないから。認めてないから。だから、仕返し。はは、何て顔してんのよ？　でも、最後の最後でアンタから一本取れたみたいで……ちょっと嬉しい」

そうしてコーデリアは、ニコっと太陽のように笑って、平手で思いっきり俺の背中を叩いた。

――かつて陽炎の塔で俺がリリスに使った、ＭＰを譲渡する夜魔の指輪が嵌められた掌で。

「さあ、いつもみたいにキザったらしくカッコつけなさいっ！　どうせやるなら完璧に――最後の最後までねっ！」

そこでモーゼズの表情は青白く染まった。

「……馬鹿なっ！　そいつらの指輪は――夜魔の指輪っ⁉」

「渋谷の地下は凄いよな。聖遺物《アーティファクト》がいくらでも落ちてるんだから」

「全員分の……ＭＰ譲渡？」

「そういうことだっ！」

モーゼズの落下が終わるまで、ラスト10メートル。

ただ、走る。全力で走る。


——仲間の掌を背に受け、後押しを受けながら。


そして最後に、俺と、リリスと、劉海と、マーリンと、そしてコーデリアの全員が同じタイミングでモーゼズの落下地点に向けて跳躍した。

俺を先頭に、全員で猛スピードで突貫する。

「さあ、もう一度だ！　耐えられるものなら耐えてみろっ！」

「本当に外なる神に飛行機能がないとでも思っているのですか？」

背中に翼……だとっ⁉

「敢えて偽《にせ》の弱点を喧伝することで、逆に対策をしやすくする。カタログスペックを作った者の考えは私に似ているようです」

バサリとモーゼズが翼を動かし、ふわりと数メートルの飛翔。

そしてボチボチ……コーデリアが破壊した魔法障壁も再生しそうな気配ってか。

くっそ……ダメだっ！　このままだと逃げられるっ！

と、その時——

「なっ⁉」

モーゼズの背中で、爆発音が響いた。

「零式電磁制御《レールガン》っ！　オラオラオラオラーーークソ眼鏡っ！　遠慮はいらねえからたっぷり喰らって沈みやがれっ！」

「と、それだけじゃ足りんと思うから重力魔法《グラビティ》を追加しておくぞい。なあに、こちらも遠慮はいらぬ」

上空に浮かぶ三枝から、撃ち下ろしの砲撃の連打が続き、エルフの老師の重力魔法《グラビティ》がモーゼズを地面へと引きずり下ろす。

「最後の最後で何もしなきゃクソだろう！　ははは一っ！　これで終わりだクソ眼鏡っ！」

「しかし、結局、お嬢は最後の最後まで口が悪いままだったの」

でかした二人ともっ！

モーゼズの翼は重力魔法《グラビティ》と砲撃に耐えられる仕様にはなっていないらしく、落下には抗えない様子だ。

「くそ、くそ、糞がああああ！　し、しかし、しかしっ！　たとえここで私が消えても神聖皇国は……『ゆりかご』の発動は……タイムラグはあれど……一度発動してしまえば止められないっ！」

最後の悪あがき……いや、嫌がらせか。

そして俺は勝ち誇ったモーゼズの顔を、一瞬で鎮める魔法のワードを浴びせる。

「あいにくだが龍王が阻止したよ」

俺達全員を見渡して、そして龍王が何故にいないかを考えているようで――

「馬鹿……な？　敗北……？　完全……敗……北？」

そこで、モーゼズの表情がようやく絶望に染まった。

落下地点。

頭上数メートルに迫ったモーゼズに対して俺は振りかぶる。

そして、振りかぶって振りかぶって振りかぶって――

――全ての力を拳に込める。

モーゼズが遂に俺の手の届くところに入った。

そのまま放たれるは、やはり渾身の右ストレート。

「――スキル：村人の怒りっ！」

モーゼズの顔面に拳が突き刺さり、その瞬間に、絶対に決めろと更に強く強くみんなが背中を押してくれた。

みんなから受け取ったＭＰが、俺の心臓から右手に集まっていく。未だかつてない、破壊の閃光が唸りをあげる。

そして、その場の全員が叫んだ。

「「「「「いっけえええええええっ！」」」」」

「馬鹿な……馬鹿なあああっ！」

そうして、一面が光に包まれ――

――モーゼズはこの世から跡形もなく消滅した。

サイド：コーデリア＝オールストン

それから三日後。

私とリュート、そしてリリスは快晴の草原に佇んでいた。

ここは私とリュートが生まれ育った村の丘で、私達の眼前にはギルドマスターさんのお墓もある。

リュートに一生ついていくと、常々言っていた彼が密かに残していた遺言状。

そこには将来リュートが入る墓の隣に、自分の墓を建ててくれって書いてたんだから……本当に呆れちゃうよね。

でも、私もリュートと一緒のお墓に入りたいと思っちゃっているので……まあ、結局は私も含めてみんな馬鹿なんだろうね。

「この世界から消えてしまう俺の墓の隣には……入れられんからな。なら、俺が消えた場所の隣ってことで勘弁してくれ、オッサン」

「リュートとも、もうお別れだね」

「七十二時間……本来はモーゼズを倒した瞬間に俺が消えるスイッチも入ることになってたらしいが、そこは女神のサービスってことらしいな」

「でも、結局リュートはどこに行くことになるの？」

「方舟からの帰り道に女神に聞いたろ？」

「リュート達はこの星に残った過去の記録から、ランダムに抽出された死者を再構築した……ってことなんだよね？」

「ああ、過去に戻ることは物理上不可能で、かといって、ここに転生者が留まると現地バランスが崩れる。過去の清算をした以上、俺はお役御免で……過去のような世界に還る」

「でも、その過去のような世界っていうのが私には良く分からないんだけどさ」

「フルダイブＶＲＭＭＯ。精神だけをゲームの世界に飛ばすっていう、体感型のゲームの概念なんだが……まあ、ゲームが分からんお前に言ってもしゃあないか」

「うーん……要は精神だけをデータの世界に飛ばして、過去を再構築したデータ……過去のこの星を模したゲームの世界で生きていくってことなんでしょ？」

「ああ、死に戻りっていう現象も、未来演算シミュレーターのようなデータ世界での出来事……俺は転生直後にそこに放り込まれて、そしてこの世界に生まれ変わったって理屈らしい。まあ、トラック事故で死ぬ前の俺……いや、妹が通り魔に刺されない世界線上で俺は生きていくことにしたよ」

結局、コイツって私の事をどう思ってるんだろうか。

私もリリスも、もう消えちゃうってことで決着はつけないでおこうって約束している。

今更揉め事を起こすのも嫌だし、コイツに決断を迫るのは止めておこうってことにしてるんだけどさ。

「ともかくコーデリア、色々ありがとう。それと……リリスもな。それに、お前等にこれから先の事を託すことになっちまうのも……すまない」

実際、これからやることは山積していて頭が痛くなってくる。

女神が稼いでくれた十年という期間で、私達はリュートの残した成長方法を使って……外なる神と対峙する戦力を作らないといけないいんだ。

「正直、できるかどうかは分からない。でも、管理された箱庭で家畜のように生きるよりはマシだって。これで良かったって思ってるから、だから気にしないで」

「……リュート。コーデリアの言う通り。それに、龍王とマーリンもいる。だから、大丈夫」

「あのクソジジイも、魂だけの存在になってどっかで生きてるんだろ？　いつまでも意地張ってないで、出てこいって伝えろってマーリンに言っとけよな。アレはアレで使えるから」

「とはいえ、一度裏切っちゃってる形になってるからね……あの人、そういうのすっごい気にするし」

「本当に面倒くさい奴だな」

「まあ、見た目からして面倒くさいからね」

そうしてみんなで笑ったんだけど、私とリリスの笑みは一瞬で引きつったものになった。

リュートの体が――淡く発光を始めたのだ。

「どうやら……お迎えみたいだ」

体中のナノマシンによる何らかの干渉現象なのだろう。

蛍のような淡い光がリュートから飛び出して、見る間に――リュートの姿が朧《おぼろ》げになっていく。

「おい、コーデリア？　どうした？」

――涙は枯れた。もう出ない。

あれから、一睡もしていない。夜にはベッドに入ってずっと泣いていたから。

コイツは湿っぽい話は昔から好きじゃないし――だから、笑って送ろう。そう思って、泣くだけ泣いたんだ。

――でも、どうしてだろう？

枯れたはずなのに、どうして涙が零れてくるんだろう？

「……ごめんね。笑って送りたかったのに……無理……みたい」

見るとリリスも泣いていて、それを見て私も更に泣いて、リリスもそんな私を見て更に泣いて――気づけば、私達はしゃっくり交じりに、声をあげて子供のようにわんわんと泣き始めてしまっていた。

でも、そんな私達を見て、リュートは何とも言えない表情で……ただただ優しく笑っているだけだった。

「ねえリュートは悲しくないの？」

「ああ、悲しいよ」

そうして瞼を腫らしたリリスがリュートに向けて問いかけた。

「……なら、何故泣かない？」

「俺だって無念だ。お前等とずっと一緒に楽しく生きていけたらって……そんなことはお前等と同じように思ってるさ。でも、後悔はない。だから……泣かない」

「そうなんだ――」と、リュートは言葉を続けた。

「人生ってこんなもんだ。お別れって突然なんだ」

妹さんを不慮の事故で亡くしているリュートだからこそ、その言葉には説得力があった。

私とリリスは、ただただ黙ってその言葉を、その最後の面影を心に刻み込もうとリュートに見入る。

「だから、その時、その時を全力で悔いのないように生きる。それが大事なんだと俺は思う。そしてその意味では――お前達と過ごした時間に悔いはない」

そうしてリュートは右手で私、左手でリリスの頭を――まるで子供をあやすかのように優しく撫でてくれた。

「だから、これでいい」

気づけば、リュートの体は半分が透けていて、頭を撫でてくれる感触も、その温もりもほとんど感じられなくて。

最後を感じた私とリリスは「ヒっ」と、半ば悲鳴のように嗚咽して――

「じゃあな」

強い。

強い風が吹いた。

――同時に。

光の粒子は飛散して、そして、そして――

風が吹き終わると同時に、リュートは消えていた。

そして、それから私達はずっと泣きながらその場で動けなかった。

ただただ、風が吹きすさび、私達の涙が地面に零れ落ちていく。

再度の、強い風。

リュートを遠くへと運んでいく、風。

そして、私は空を見上げる。


――秋色の空はどこまでも高く青空で。

――空を舞う鳥は、けれど、何も変わらずに力強く羽ばたいて。

――見渡す限りの緑に咲く所々の花々は、やはり何も変わらずに美しく。

――そして、色とりどりのコスモスの花を揺らす風が、私とリリスの少女時代の記憶と――それぞれの恋心を流していったのだった。

エピローグ

あれから、九年。

残された私達は、リュートのまとめたは成長方法の数々と、いくつかのシステムの裏技を使用した方法を基に即時に計画を実行に移した。

つまりは、その時点でSランク級に達している者を中心に、魔人の量産化を進めるために訓練を始めたってことね。

全ては、外なる神の闊歩する、現在の人類の生息圏の外へと打って出るためだ。

私は人魔皇――人類最強の勇者として、外なる神の討滅を錦の御旗に掲げることになった。

アルベール王、グランドギルドマスター、龍族、そして残った二人の勇者、高齢となったエルフの老師の代わりにリズ、そして三枝ちゃんに――私の親友であるリリス。

みんなが一つの目標の下、ようやく私達は今日という日の準備を終えた。

つまりは、私達は最果ての地の更に果て――精鋭メンバーと共に外の世界に威力偵察調査団という形で一歩を踏み出したのだ。

そして、私達には自信もある。

リリスも龍魔人になったし、他にも魔人は複数いる。私達は十分に強い。

あの時のリュートがここにいたとして、その他大勢の一人でしかない、そんな最強の戦力だ。

——つまり、相手が何であろうと、負けはない。

★

「良しいけるっ！」

リュートが指し示し、そして私達が歩んだ道は間違いではなかった。

と、言うのも、とりあえずの威力偵察……三日の行程は予想以上の成果を挙げたのだ。

外なる神はモーゼズと見た目は同じで、大小様々な個体が発見された。

が、その全てが、モーゼズとの戦闘を分析し、ありとあらゆることを想定していた私達の敵ではなかった。

特に戦果を挙げたのは三枝ちゃんや怪力無双の勇者プラカッシュ、そして神槍の勇者オルステッド……つまりは元が化け物だった人達を更に化け物にした魔人勢だ。

そして、それら魔人を率いる——個人戦力としてこちらの虎の子でもある龍魔人リリス。

彼らをアタッカーとして、私は後方支援的な意味合い——ギルドランク換算でSSクラス級の戦力百人以上の引率という立場だ。

アタッカーの討ち漏らしの処理や足止め、あるいは時間稼ぎの壁。

そして私は個人的な戦力としては心もとない、SSランク級の彼らの消耗を少しでも防ぐために臨機応変に護衛目的で戦場を駆け回るって感じかな。

で、この三日で屠った外なる神の数は、リリス達が九で私達が四。

昔のリリスなら私に嫌味の一つも言ったかもだけど、今はお互いに役割も立場も正確に認識しているし、互いに感謝と尊敬を忘れない……そんな人間関係を築いている。

うん、いいコンビだと自分でも思う。

それはきっと、アイツを失った喪失感が、お互いに痛いほどに分かるってとこから始まった関係なんだよね。

そういう意味でもやっぱりアイツには感謝しないといけないんだろう。

と……話がそれちゃったね、本題に戻そう。

つまりは全員で狩った外なる神の数は、全部で十三となるわけだ。

外なる神の総数は正確には定かではないが、数十、あるいはどれだけ多くても数百が上限ということだから、圧倒的な戦果と言えるだろう。

後は偵察の範囲を広げて、本格的な遠征に切り替えて……相手の残りがゼロになるまで生物兵器を駆除するだけだ。

そうすれば、この世界の全てが人類のものとなり、私達は本当の意味での自由を取り戻すことができる。

そうして、第一回の威力偵察の大成功を、世界連合の盟主となったアルベール王に報告しようとした帰り道——ソレが起きた。

「……ギリギリ」

「ねえリリス？　生きてる？」

——甘かった。

人類の生息圏、つまりは箱庭の中へ目と鼻の先に迫った森の中。

とある外なる神の二柱と出くわした私達は交戦状態に入った。

けれど、ソレ等は今まで遭遇した外なる神とは姿も、性能も、何もかもがあまりにも違い過ぎていた。

　何しろ、龍魔人と化したリリスですら、ただの一撃で戦闘能力の大半を奪われたのだ。

「アハっ！　アハハっ！　アハハっ⁉　ねえねえ、お姉ちゃん？　どうしたのかな？　どうしたのかな？」

　そう、つい先ほど、私に何の気配も感じさせずに現れたのは見覚えのある魔物だった。

　リリス率いる魔人勢を一蹴したソレは、黒と紫を基調としたゴシックロリータの衣装に身を包んだ少女だ。

　年の頃なら十歳そこそこの金髪縦ロール、私よりも遥かに年下だ。

　そしてソレは――伝承の、あの危険生物の姿と完全に合致する。

「アハっ⁉　アハハハっ⁉　ねえねえ、お姉ちゃん？　勇者だよね？　お姉ちゃん人間の勇者だよね？　いや、人魔皇？　まあどっちでもいいかっ！　どうしてお姉ちゃんが、こんな弱っちい人間を引き連れて……ねえ、ねえ？　質問してもいい？」

「質問したいのはこっちよ……邪龍アマンタ？　アンタはリュートが滅ぼしたはず……」

「ああ、私のクローンが中の世界にいたの？　それでお姉ちゃん達がやっつけちゃった……と」

　と、そこで更に私とリリスは絶句する。

「ボクの眷属も中でお世話になっていたようだね。まあ、あれは所詮はボクを模しただけのレプリカだけれど」

　新手の敵。

そこには小柄な少年が立っていた。

身長は百五十センチ程度、体重は四十キロに満たないだろう。

見た目は普通の十歳前後の少年だが、彼にはツノがあった。

——それはつまり——鬼神っ⁉

「リリスっ⁉　どーなってんのコレ？」

「……つまりはそういうことだと思う」

と、そこでアマンタはクスクスと笑い始めた。

「うふふー、大ー正ー解☆　私はオリジナルの外なる神としてのアマンタなのっ！　っていうか外に出てくるとか死にたいの？　馬鹿なの？　死ぬの？　死ぬ気なの？」

「冥土の土産に教えてあげようか。ボクたちは無力化した後の都市殲滅用に作られた汎用型とは違い、あの時代の軍事勢力と対峙する為に作られた……正真正銘の生物兵器としての外なる神なんだ。本来であれば過ぎたる力としてボク達は役目を終えた後、塵芥《じんかい》となって自壊する定めだった」

「ふふふ、お姉ちゃん達にとっての誤算はただ一つなんだな！　システムを作った際に意図的に対抗手段としてのバグを仕込んだ者がいた……その事実を知った者が、最終安全装置としての私達という——究極の力を残したんだなっ！」

絶句する私とリリスに、アマンタと鬼神はクスクスと笑った。

「まあ、キミ達がその事実を知らないのも無理はない。管理者である女神ですらもボク達の存在は知らないだろうから」

「ふふふー、過去にそちら側の思想陣営でコソコソする奴がいたのなら、こちら側にもコソコソやる奴がいても何もおかしくないんだな！　ないんだなっ！」

「と、いうことでご愁傷様だ」

冷や汗を垂らしながら、私は腰のヒノカグツチに手を伸ばした。

「みんな！　とりあえず……コイツ等を全員で取り囲んで──！」

だがしかし、私の声は誰にも届かない。

「あれあれ？　お姉ちゃん？　お姉ちゃん？　お姉ちゃんはアホなのかな？」

そういえばコイツは魔眼使いだったか。

ダメだ。これでは完全にあの時のリピートだ。

魔眼に呑まれ恐慌を来し、女性の調査団員は我先にと逃げ出し、残すはリリスと私のみ。

「スキル：魅了」

そこでクスクスとアマンタの笑う声と同時、男達は、武器を片手に私に向けて突撃してきた。

「犯して殺せ」

アマンタの言葉と共に、団員の股間が──ズボンの下で膨らんでいき、目の色を変えて私とリリスに群がってきた。

「アンタはクローンと同じことしかできないのっ⁉」

「きゃはは！☆　むしろこっちがオリジナルなんだなっ！」

と、そこで今度は鬼神が指をパチリと鳴らした。

すると、近くにいた団員の頭が破裂し、脳漿と鮮血の赤い花が次々に咲いていく。

「もー！　鬼神っ！　どーして邪魔をするのかなっ！」

「香りから察するに、どうにもこの二人は処女のようだ。なら、人間同士で散らすというのも芸がない」

「ん？　ん？　どういうこと？　どういうことなのかな？」

「とりあえず捕獲しようよ。そして、どうせやるなら……蟲使いを巻き込むのはどうだろうか？」

「ん？　ん？　蟲使いのオジサンに？　うーん……楽しそうなんだなっ！　とっても楽しそうな予感がするんだなっ！」

「そうだろう、そうだろう？　蟲のプールで蟲を相手に処女を散らす。そして少しずつ内臓を食ってもらおう。体中の穴という穴から蟲が入り込んで……はは、とっても楽しそうだ！　さあ、捕獲して連れて帰ろう！」

「エクセレントっ！　さすがは鬼神なんだなっ！　その発想はなかったんだな！　なかったんだなっ！」

あまりのおぞましい会話に血の気が引いていく。

リリスもまた私と同じことを思っているらしく、顔色が見る間に青くなる。

「クスクスっ……。ねえ、お姉ちゃん？　今どんな気持ち？　今どんな気持ち？　キャハハーっ！　まあ、とりあえず邪魔なの殺しちゃおーっと☆」

「うん、そうだね。赤色と水色の髪の女以外は皆殺しだ」

アマンタは両手を一心不乱に振り続け、逃走した女性団員の背中を魔眼で狙う。

これは箱庭の中のアマンタも使用していた技だ。

カマイタチが発生し、即時に死体がその場で量産されていく。

逃げる背中を狙うだけだから、そりゃあ兎狩りよろしくの簡単な作業だろう。

そして、鬼神は指を鳴らして、私に群がる男達の頭を次から次に破裂させていく。

このままじゃ完全に総崩れだ。

時間をかけてSSランク級以上の戦力を百人以上……そして魔人も複数育ててきたっていうのに
——

——この九年の人類の抵抗の意志、その結晶が見る間に消え去っていく。

「退路はないっ！　なら、せめて最後まで抵抗をっ！　散るならば虜囚《りょしゅう》ではなく、戦場で死ぬことを私は選ぶっ！」

私が駆け出すと同時、リリスが私の背中にドデカい一発を放った。

うん、さすがは伊達に付き合いも長くない。すぐに私がやりたいことをサポートしてくれるね、ありがとうリリス。

「核熱龍槍《ドラグズ・ブースト》」

これは劉海師匠とマーリン様の人間大砲から着想を得た合体技。

私の背中にリリスが爆発魔法を放って——神域の加速を得る。

人魔皇の絶対防御を誇る私と、人類最強の爆発魔法を操るリリスだからこそできる、極限の連携だ。

「きゃはー！　きゃはっ！　はやーい！　すごーいっ！」

剣を振り、アマンタの首が飛ぶ。

嘘……倒したっ⁉

ってことはつまり、私とリリスの力は、やっぱりコイツ等相手でも通用するってこと？

「でも、ざーんねーんっ！」

アマンタの胴体から頭が生えてきた。

舌を出しておどけているみたいだけど、こっちは正直……言葉がでない。

「きゃはっ☆　きゃはっ☆　うふふふふふー！　楽しいなー！　楽しいなー！　弱いものイジメは楽しいなーっ！」

しばらくアマンタは腹を抱えて笑い、そして急に真顔になってこう言った。

「でも、ちょっと痛かった。もういい、もうつまんない、遊びは終わり――だから死んじゃえっ！」

アマンタは超特大の魔力玉を形成し、私に向けて放ってきた。

「私達……こんなのを相手に本気で勝てるつもりだったの？」

まるでピエロだ。

最強の2トップの私とリリスが完全に子ども扱い。

そして、地面を抉《えぐ》りながら猛スピードでこちらに向かってくるのは、数百メートル……いや、下手すればキロ単位の長さがありそうな超高密度の魔力玉。

大陸の東端から西端までに、一本の線をそのまま形成しそうなほど――いや、事実として私の背後から数千キロが直線状に吹き飛ぶだろう。

これはそんな馬鹿げた威力の攻撃だ。


――これが旧世界の生物兵器。


この魔力玉に飲まれたら、確実に私は死ぬ。

何が人魔皇の三層の絶対防御よ、こんなの……こんなのどうにかできる訳がないじゃないっ！

そして今まさに、魔力玉に飲まれようとするその時――懐かしい声が聞こえた。

「おいおいコーデリア……外に出て速攻でいきなりギリギリじゃねーかよ」

球体と私の間に――人影が割って入った。

そして人影が右手を掲げ、「フンっ！」と気合いを入れると同時、アマンタの魔力玉が一瞬で掻き消される。

そのまま人影は一番近くにいた鬼神に飛び掛かり、剣を――エクスカリバーを一閃。

腹部が貫かれ、けれど鬼神はニヤリと笑った。

「何故に絶対防御を貫かれたかは分からないが……なるほど、伊達に外に出てきている訳ではないようだね。しかしまあ、ボク達の再生能力はキミ達の想像もできない範囲に達している。ひょっとして、それで何かを成したつもりかい？」

「悪いが、お前の生物兵器として保有するナノマシンを強制停止させてもらった。回復なんざさせやしねえよ」
「……回復が……始まらな……い……？」
ドサリと鬼神の崩れる音。
それを見て、アマンタの表情に怯えの色が走る。
「……え？　どういうことなのかな？　なのかな？」
アマンタじゃないけど、私だって何が何だか分からない。
いや、状況が分からなくてもいい。ワケ分かんなくてもいい。
だって、コイツはこういう奴なんだから。
あの時も、あの時も、そしてこれからも。
いつも、いつでも、いつだって――アンタはそういう奴だもんね。
ねえ、そうだよね？

――私の白馬の王子様っ！

サイド：リュート＝マクレーン

さて……と俺は思う。

モーゼズとの決戦から九年、まあ、色々あった。

っていうか、陽炎の塔でリリスと魂を半分分け合ったのが、まさかカウントされてたとは本当に驚きだった。

おかげで、俺は厳密には転生者ではなく半分は現地人という扱いになるらしい。

そのせいで、あっちの世界からこっちに戻ってくることができた。

が、その際に半分は転生者ってことで力を大部分失ったんだが……その状態の俺が舞い戻っても意味がないわな。

それで、あの後、渋谷の地下で世界を作った製作者の一人が残した迷宮を見つけたんだよ。

裏技スキルや装備のオンパレードで、それはそれはとんでもない強化法が隠されたダンジョンだった。

オマケに脱出不可能ってことで、戻ってくるのに九年もかかっちまった。

「さあ、好き勝手やってくれたみたいだな？　覚悟はできてるか？」

「ねえ、何者？　アナタ何者？　私の魔法を簡単に消しちゃうなんて、アナタ何者？　鬼神を一発だなんて、ねえねえ本当に何者？　こんなのありえない……システム上……いや、そんなの生物兵器としてもありえないいんだよっ⁉」

「何者……か。まあ、そう尋ねられるとこう答えるしかないいんだろうな」

そうして、俺は笑いながら、その問いかけに応じるべく、言葉を続けた。

「村人ですが何か？」

あとがき

と、いうことで最終巻の7巻です。

5巻くらいでややグダりましたが、構想のとおりの着地点に収まって、綺麗にまとまったと個人的には太鼓判を押しています。読者の皆様方もそう思っていただければ嬉しいですね。

作者的には、今の自分に出せるものは全部出してやり切ったという感です。

8巻終了予定だったのですが、これ以上は蛇足と気づいたので綺麗に終わることを優先して7巻で終了させてもらった形になります。

締める時期を幅をもって決めることができたので、本当に幸せな作品だったと思います。

しかし、思えば毎度毎度、あとがきに何を書くのかを悩んで、悪戦苦闘していたこの欄です。

が、最後となれば色々と感無量ですね。

思えば家のリビングに座っている時に、電撃的に1巻の最初のエピソードを思いついて「これは……っ！」とパソコンの前に走り、興奮と共に一心不乱にキーボードを叩いてプロローグを完成させたことを覚えています。

シリーズ的にはミリオンいきましたので、ああいうのを天啓というんでしょうね。

ちなみに、あれ以来、天啓をまだ神様は私に降らせてくれません。

どんどん降って来てほしいんですけど……うーむ。

と、いうことで村人完結しました。

続けて村人っぽいものを読みたい方は『KADOKAWAスニーカー文庫　落第賢者の学院無双』を是非ともお願いします。

と、いうのも『村人ですが何か？』の魅力といえば、「主人公の臭いセリフ&厨2病的なノリ」と「TUEEE」というところにあると作者は思っています。

落第賢者は文庫ライトノベルということで、厨2病は「むしろオッケーでしょう」とフルスロットルでいきました。

TUEEEもガンガンやってまして、もう下手したら村人よりも色んな意味で振り切っています。

ノリ的には小説版村人の1巻~3巻のノリですね。

冒頭とか、まんま村人じゃねーかと笑うと思います。実際、そのまんま村人1巻の最初のエピソードを意識して、換骨奪胎したものとなっています。

落第賢者はスクウェア・エニックス様でコミカライズもしているので、重ねてお願いしますね。


そして、更に宣伝です。

な、なんと！　村人と同じレーベルであるGCノベルズ様から、村人最終巻の翌月に『けもの使いの転生聖女』という小説が出る予定です！

主人公最強系でビーストテイマーが「TUEEEE！」をやるお話ですね。こちらもスクウェア・エニックス：マンガUP！様でコミカライズ企画進行中でして、作者的には超期待作です。

若干、村人とは毛色が違いますが、GCノベルズ様に出版オッケーを貰った作品です。

ですので、GCノベルズ様のファンの方は、安心して引き続きそちらもご購読いただければ幸いです。

村人が好きだった読者様についても、作者が同じなのと編集さんも同じなので安心して読んでもらって良いのかなーと。

村人以外の、白石の他の作品を知らずにそれだけ読むとビックリすると思いますが、良い意味でビックリしてくれたら嬉しいなーと思います。

手前味噌ですが、滅茶苦茶面白いです。

最後に謝辞です。

1巻発売前に尽力してコミカライズまで漕ぎつけてくださった初代担当様。

コミカライズブームに最高の形で乗れたあのタイミングだったおかげで、ミリオンのシリーズまで育ちました。

最大の功労者だと思っています。ありがとうございました。

2代目担当者様。

本当に色々とご迷惑とご面倒をおかけしましたが、今後ともよろしくお願いします。

本当に頼りにしておりますので、次のシリーズも頑張っていきましょう！

イラストの白蘇《しらそ》ふぁみ様。

いつも美麗なイラストで飾っていただきありがとうございました。また機会があれば是非ともご一緒させていただければと思います！

コミカライズ担当の鯖夢《さばむ》様。おかげさまで大ヒットみたいです。ありがとうございます。

私も他で忙しくなったということもあるので……原作から原案・監修になってしまい、コミック1

巻～4巻のように時間を割くことができなくって申し訳ありません。

こちらがほとんど口を出さずに、自由に先生の力を発揮してもらうという、コミック5巻以降の体制が良い方向につながればと期待しています。先生のお力で更なる飛躍をお願いします！

また、私と直接接していませんが営業の方、デザイナー様、校正様、印刷所の方、その他、多大なるマンパワーを投入してくださった関係各所の皆様。

本当にありがとうございました。

そして何よりここまでお付き合い頂いた読者様、どこかの機会で他の作品の「あとがき」で出会えることを願っております。

本当にありがとうございました。

GC NOVELS

村《むら》人《びと》ですが何《なに》か？

7

2020年3月5日　初版発行

著者
白石《しらいし》新《あらた》

イラスト
白蘇《しらそ》ふぁみ

発行人
武内静夫

編集
伊藤正和

装丁
横尾清隆

印刷所
株式会社平河工業社

発行
株式会社マイクロマガジン社
〒104-0041 東京都中央区新富1-3-7 ヨドコウビル
[販売部]TEL 03-3206-1641／FAX 03-3551-1208
[編集部]TEL 03-3551-9563／FAX 03-3297-0180
http://micromagazine.net/

ISBN978-4-89637-983-9 C0093

本書は小説投稿サイト「小説家になろう」(http://syosetu.com/)に掲載されていたものを、加筆の上書籍化したものです。

ファンレター、作品のご感想をお待ちしています！
[宛 先]
〒104-0041 東京都中央区新富1-3-7 ヨドコウビル
株式会社マイクロマガジン社 GCノベルズ編集部
「白石新先生」係「白蘇ふぁみ先生」係

2020年3月30日

第1巻発売

最新作